IMPIEDOSA

IMPIEDOSA

DANIELLE VEGA

Tradução de
Ana Carolina Mesquita

Título original
THE MERCILESS

Copyright do texto © 2014 *by* Alloy Entertainment

"Edição brasileira publicada mediante acordo
com Rights People, Londres."

alloyentertainment
Original produzido por Alloy Entertainment
1325 Avenue of the Americas
Nova York, NY 10019
www.alloyentertainment.com

Direitos para a língua portuguesa reservados
com exclusividade para o Brasil à
EDITORA ROCCO LTDA.
Av. Presidente Wilson, 231 – 8º andar
20030-021 – Rio de Janeiro – RJ
Tel.: (21) 3525-2000 – Fax: (21) 3525-2001
rocco@rocco.com.br | www.rocco.com.br

Printed in Brazil/Impresso no Brasil

Preparação de originais
VIVIANE MAUREY

CIP-Brasil. Catalogação na fonte.
Sindicato Nacional dos Editores de Livros, RJ.

V525i Vega, Danielle
        A impiedosa / Danielle Vega; tradução de Ana Carolina
  Mesquita. – Primeira edição – Rio de Janeiro: Fantástica
  Rocco, 2018.

        Tradução de: The merciless
        ISBN 978-85-68263-62-4 (brochura)
        ISBN 978-85-68263-63-1 (e-book)

        1. Ficção americana. I. Mesquita, Ana Carolina.
  II. Título.

                              CDD–813
17-46316   CDU–821.111(73)-3

Esta é uma obra de ficção. Nomes, personagens, lugares e incidentes
são produtos da imaginação da autora e foram usados de forma fictícia.
Qualquer semelhança com pessoas reais, vivas ou não, negócios,
empresas, acontecimentos ou localidades é mera coincidência.

CAPÍTULO UM

Prendo o dedão na beirada da bandeja de metal durante o almoço, e uma lua crescente de sangue surge sob a minha cutícula. Ela se espalha pelas rachaduras que rodeiam minha unha e depois escorre por um dos lados, formando uma gota vermelha perfeita, quase idêntica a uma lágrima.

Solto um palavrão. O corte arde, mas pelo menos não manchei a camiseta de sangue. Nada atrai mais amigos que manchas de serial killer no primeiro dia de aula. Tem uma pilha de guardanapos ao lado da lata onde ficam os talheres de plástico, mas não consigo me aproximar porque o cara que está na minha frente na fila está bloqueando a passagem.

— Licença — digo, e ele se vira. É bonito, com aquela beleza atlética descontraída dos caras que um dia farão parte das fraternidades universitárias. Seu cabelo castanho está espetado para todos os lados e sua camiseta folgada está toda amassada, como se tivesse acabado de sair da cama.

Depois de vários anos sendo a garota nova da escola, aperfeiçoei meu meio sorriso tímido. É o mais próximo que consigo chegar do flerte. Mostro meu dedo sangrando.

— Você poderia me passar um guardanapo?

— Ai — diz o cara, apanhando alguns guardanapos da pilha. O sorriso dele supera o meu em alguns watts, e fico vermelha.

— Ei, precisa de um bandeide? — oferece uma garota atrás de mim, e eu me viro. Ela tem cabelo platinado curto, como o de um menino, usa óculos enormes de armação preta sem lentes e uma blusa rosa fluorescente tão esticada e fina que consigo ver seu sutiã preto por baixo do tecido. No pescoço, traz um anel dourado masculino numa corrente.

— Sim, valeu — digo. Ao lado dela, meu uniforme padrão de primeiro dia de aula, que consiste numa camiseta cinza e jeans preto, parece comicamente sem graça. Em outras escolas, tentei usar umas pulseiras de borracha e colorir meu tênis Converse com canetas permanentes de CD, mas hoje meus pulsos estão nus e meu tênis é novinho. Está na hora de uma mudança.

— Oi, Brooklyn, e aí? — O garoto a cumprimenta. Eles não parecem do tipo que seriam amigos, mas o tom dele é simpático. Brooklyn desliza a mochila surrada para um dos ombros e enfia a mão no bolso da frente.

— E aí, Charlie? — diz para ele. — Seu irmão já tá com saudade de mim?

O nome *Charlie* combina com o cara atlético e bonito, e me faz gostar mais dele do que se ele se chamasse Zack ou Chad. Um Charlie ajuda você a encontrar a sala de álgebra quando você ainda está perdida com a nova grade de aulas. Já um Chad é do tipo que arrota as letras do alfabeto.

Charlie desliza a mão pelo cabelo, deixando-o mais bagunçado ainda do que antes.

— *Saudade* não é bem a palavra que eu usaria...

— É seu ex-namorado? — interrompo, para não ficar de fora da conversa. Fazer um milhão de perguntas faz parte da disciplina Como Ser A Garota Nova: Princípios Básicos. As pessoas adoram falar de si mesmas. Brooklyn retira a mão do bolso da mochila e me entrega um bandeide transparente decorado com o desenho de um bigodinho.

— Ex-patrão — diz ela. — Mas logo, logo ele vai estar implorando para eu voltar. Ei, curti sua tattoo.

Ela aponta para meu pulso, onde desenhei uma serpente com um cocar de penas chamada Quetzalcoatl. Quando eu era pequena e minha mãe e eu ainda visitávamos a cidadezinha onde ela nasceu no México, minha avó me contava histórias sobre Quetzalcoatl. Agora ela está doente demais para contar histórias, mas eu desenho a serpente no meu diário às vezes. E, pelo visto, na minha mão também.

— Não é uma tattoo de verdade — confesso, esfregando o desenho com a palma da outra mão. Vou ter de lavar isso antes que minha mãe veja. Ela nunca gostou das histórias religiosas da minha avó. Minha mãe conseguiu a cidadania americana cinco anos atrás e diz que as lendas folclóricas mexicanas assustadoras da minha avó a fazem lembrar por que ela quis tanto sair de lá. — Desenhei com uma caneta permanente.

— Ah. — Brooklyn parece desapontada, mas Charlie levanta uma sobrancelha e assente, aprovando.

— Você que desenhou isso? Boa — diz ele.

Antes que eu possa responder alguma coisa, uma garota de cabelo escuro para no meio da lanchonete e pigarreia. As conversas e risadas dos alunos ao redor caem no silêncio, como se eles tivessem sido enfeitiçados.

— Será que eu poderia ter a atenção de vocês, pessoal? — pergunta, embora todos já estejam olhando para ela. Um grupo de umas seis ou sete pessoas se reúne atrás da garota, segurando sacolas e caixas de papelão.

— Meu Deus. — Brooklyn faz uma careta e ajeita seus óculos falsos no nariz. Seu tom agora é completamente diferente do que um segundo atrás, quando ela me ofereceu o bandeide. — Já tá na hora dessa palhaçada de novo?

— Sou a Riley, como a maioria de vocês já sabe — continua a garota de cabelo escuro, com uma voz clara e animada. — Vamos dar início à nossa campanha para ajudar o Sopão da Igreja St. Michael. Espero que este ano todos vocês ajudem a concretizar a obra de Deus e levar comida aos desabrigados. Só no ano passado conseguimos reunir mais de quinhentas latas de comida!

Os alunos em torno começam a bater palmas. Aquilo me pega de surpresa, e eu me junto aos aplausos, um tanto atrasada. Os caras da última escola onde estudei só batiam palmas para os outros quando eles tropeçavam e derrubavam as bandejas do almoço.

Atrás de mim, Brooklyn finge que vai vomitar.

— Ah, dá um tempo — murmura Charlie para ela. Ele estava batendo palmas com os outros, mas para um instante para dar um cutucão em Brooklyn. Reprimo um sorriso. Eu estava errada; no fim das contas ele não é como um desses caras de fraternidade.

Brooklyn faz um gesto de revólver e o aponta para a cabeça de Riley, estreitando os olhos.

— *Pou* — sussurra ela, atirando uma bala imaginária. Depois, assopra a fumaça das pontas dos dedos.

Levanto uma sobrancelha enquanto estico o braço na frente dela, para apanhar uma embalagem de leite. Já andei com garotas como Brooklyn antes, garotas que matam a terceira aula para fumar cigarro de cravo no banheiro e que furam as orelhas com alfinetes de segurança. Durante um período é sempre divertido, mas nunca se tornam amigas de verdade. Em geral, passo quase todo o tempo tentando provar que sou descolada o bastante para andar com elas.

Mas, enfim: mendigos não podem ser exigentes. Portanto, quando Brooklyn pisca um olho para mim e diz, "Té mais", sorrio e aceno de volta.

Charlie balança a cabeça enquanto ela se afasta, e algumas mechas de cabelo castanho caem sobre seus olhos. Seu braço roça o meu quando ele se inclina sobre o balcão do bufê para apanhar um garfo e um guardanapo.

— Não leve a Brooklyn a sério — diz ele, me dando um meio sorriso. Uma covinha aparece na sua bochecha. — Aqui não é ruim, juro. Te vejo por aí?

Meu coração dá um pulinho enquanto Charlie se afasta. Já estou nessa há tempo suficiente para saber que minhas paixonites nunca acontecem do jeito como eu quero, mas, mesmo assim, ainda me apaixono todas as vezes em que encontro um cara com um sorriso lindo. A essa altura eu já devia ter metido na cabeça que namorar no ensino médio não é para mim. Minha mãe trabalha como técnica de laboratório médico no Exército desde que se mudou para os Estados Unidos. A cada seis meses, com a precisão de um relógio, eu me mudo para uma escola nova.

A escola da vez é a Adams High, na pequenina cidade militar de Friend, Mississippi. Friend mais parece um forno. A grama é castanha, ouço insetos zumbindo por todos os lados e no meu bairro existem mais igrejas do que supermercados. Já morei em lugares melhores, mas no fim o que conta mesmo são as pessoas. Hesito perto das portas do restaurante e olho por cima do ombro para Charlie. Sinto um calor subindo pelo meu pescoço. Esse lugar tem potencial.

Os alunos da Adams estão almoçando lá fora, portanto atravesso a porta lateral com minha bandeja e vou direto à área externa. A escola é um prédio térreo feito de tijolos cor creme com argamassa castanho-escura. As salas de aula são todas antiquadas, com pisos de linóleo descascado e carteiras gastas. Na verdade, a única coisa que impressiona por aqui é o campo de futebol americano, uma vastidão verde profunda de grama sintética rodeada por uma arquibancada de brilhantes bancos de metal prateado. Acima deles, numa placa azul e branca, está escrito ESPARTANOS DA ADAMS HIGH. Ao lado dela, uma bandeira do Mississippi ondula ao vento.

Enquanto procuro um lugar para sentar, uma rajada de vento quente lança os meus cachos em meu rosto. Levanto a mão para afastá-los e imediatamente sinto um cheiro forte: parece o de leite estragado ou de queijo mofado.

Dou um passo em direção à arquibancada, e o cheiro fica ainda mais intenso. Agora parece o de frango que ficou no lixo a noite inteira ou o de peixe esquecido muito tempo ao sol. Puxo a camiseta por cima do meu nariz e continuo andando.

Então eu vejo.

É um gato. Um gato morto. O couro foi arrancado do seu corpo em tiras. Moscas zumbem ao redor de sua cabeça e dentro da sua boca, arrastam-se pela sua língua e seus dentes. Velas rodeiam o corpo do gato, presas ao chão em poças de cera preta, e embaixo dele a grama endurecida foi pintada de vermelho. Levo um instante para perceber que a tinta forma o desenho de uma estrela e que há uma vela preta em cada uma de suas pontas – como num ritual.

Só me dou conta de que comecei a puxar a pele das minhas cutículas quando sinto uma pontada aguda de dor e olho para baixo: o sangue está se acumulando em torno de outra unha. Os olhos cinzentos e turvos do gato me observam, e o zumbido constante das moscas enche meus ouvidos.

– O que você tá fazendo?

Giro o corpo e imediatamente vejo a garota de cabelo escuro que fez o comunicado no restaurante: Riley. Seus cachos castanhos se reúnem em torno de seus ombros em espirais perfeitas, e suas sobrancelhas são largas no início e depois vão afinando até ficarem da espessura de uma agulha, como se tivessem sido desenhadas com uma caneta de caligrafia. Não existe nem uma única ruga em seu vestido azul. É como se ela nunca se sentasse.

Riley olha para a frente e seus olhos azul-claros encontram o corpo esfolado do gato. Ela levanta uma sobrancelha, mas, fora isso, sua expressão permanece inalterada.

— Que nojo. — Não há nenhuma inflexão em sua voz. Ela podia tranquilamente estar falando sobre a lasanha que serviram no almoço. Eu me afasto um passo do gato e quase tropeço no meu próprio tênis.

— Eu não... Quer dizer, não fui eu. Não fui eu que fiz isso.

Riley olha para mim. Seus olhos são tão claros que mudam todo o seu rosto, fazendo com que seu cabelo e suas sobrancelhas escuras pareçam severas. Se fosse pintá-la, seria preciso usar aquarela: uma única gota de azul cerúleo para os olhos, para que ficassem o mais claros possível.

— Claro que não foi você. — Ela olha para baixo, para o gato, e estremece. — Você é nova por aqui, certo? Sofia?

— É — respondo, surpresa por ela saber meu nome.

— Riley. — Ela aponta para si mesma e seus olhos se aquecem em vários tons. — Que coisa mais nojenta. Estou impressionada por você não ter vomitado.

— Eu também. — Torço o nariz. — Mas ainda não tenho certeza se já passei do estágio do vômito...

— Pois é. Vamos dar o fora daqui. — Riley passa um braço pelo meu ombro e me afasta do gato. — Venha se sentar comigo e com minhas amigas hoje.

Ela me puxa de lá sem esperar resposta, o que provavelmente é uma coisa boa, porque, pela primeira vez, não sei o que dizer. As garotas parecidas com a Riley que já conheci não fazem amizade com as novatas. É uma lei da natureza:

a Terra gira em torno do Sol, o verão vem depois da primavera, e as garotas bonitas e populares formam turmas nas quais é mais difícil entrar do que num cofre de banco. Se tem uma coisa que eu aprendi depois de estudar em sete escolas diferentes em cinco anos, é isso.

Mas Riley parecia sincera quando fez o comunicado no restaurante da escola. Talvez ela seja diferente. Talvez a cidade de Friend não tenha esse nome por acaso, afinal.

— A gente conseguiu o melhor lugar para almoçar — explica Riley. Algumas pessoas sorriem e acenam quando passamos por elas, subindo os bancos, e, apesar de Riley sorrir de volta, não interrompe o caminho em nenhum momento para se sentar com elas. — De lá, dá pra ver tudo o que acontece.

— Legal — comento. Riley me leva até um lugar onde estão apenas duas garotas sentadas.

— Meninas, esta é a Sofia. Sofia, esta é Alexis. — Riley aponta para uma garota toda de branco: saia branca, blusa branca, suéter branco. Seu cabelo loiro-claro é tão comprido que ela poderia se sentar sobre ele, e seu rosto é redondo e cheio, com olhos grandes.

— Oi — cumprimenta Alexis, com um leve sotaque sulino.

— E esta é a Grace. — Riley indica uma garota com pele negra e aveludada, cujo cabelo trançado ela arrumou num embaraçado coque baixo.

— Gostei da sua gravata — digo, apontando para a gravata-borboleta de bolinhas que Grace está usando como se fosse um colar. Os lábios dela se abrem num sorriso que é só dentes.

— Obrigada! Elas estão bombando em Chicago.

— Grace está trazendo a cultura para o Mississippi — acrescenta Alexis.

— Você é de Chicago? — pergunto, sentando no banco ao lado delas.

— Meu pai foi transferido pra cá dois anos atrás — explica Grace. — Já esteve lá?

Faço que não, enquanto Riley se senta ao meu lado e pousa as mãos nos joelhos. Até mesmo suas unhas são perfeitas — limpas e bem aparadas. Enrolo os dedos para dentro, formando punhos, para que ela não veja minhas cutículas destruídas.

— Vocês não acreditam no que eu e Sof vimos embaixo dos bancos.

Sof. O modo como Riley me chama é tão íntimo e simpático que preciso me conter para não sorrir. Alexis e Grace se inclinam para a frente e Riley sorri, com ar conspiratório. Depois, revela num sussurro:

— Um gato morto esfolado.

— Você tá brincando, né? — pergunta Alexis, remexendo na renda da barra da sua saia. Com aquele cabelo comprido e aqueles olhos grandes, ela mais parece uma princesa da Disney em carne e osso.

Riley faz o sinal da cruz sobre o coração.

— Juro que é verdade. Aposto que seria motivo pra expulsão.

Grace estremece, tamborilando os dedos de maneira nervosa em um tênis vermelho Converse que está encostado nos fundos do banco à sua frente.

— Eles deviam pelo menos dar uma suspensão para essa garota. Isso é *nojento*.

— Peraí. — Franzo a testa. — Vocês sabem quem matou o gato?

Grace, Alexis e Riley trocam um olhar que não consigo interpretar. É como se estivessem tentando descobrir se eu sou confiável.

— Sabe aquela garota com quem você estava conversando lá no restaurante? — pergunta Riley, colocando um cacho de cabelo atrás da orelha.

— Brooklyn? — pergunto, surpresa. Não tinha ideia de que Riley me vira conversando com Brooklyn.

— Isso. Brooklyn. Ela é meio esquisita.

— Esquisita como? — pergunto, quando Riley não especifica nada. Esfolar um gato não é esquisito. É um crime.

Alexis inclina-se para a frente, e um dos seus joelhos bate no meu.

— Correm uns boatos sobre a Brooklyn — diz ela. — Já que você vai estudar aqui, acho melhor saber deles. São quentes.

— Boatos?

— No ano passado ela fez uma brincadeira do copo no vestiário feminino — continua Alexis. Seu sotaque sulino vai ficando cada vez mais pesado à medida que ela conta a história, e tenho a sensação de que ela está tentando criar um efeito dramático. — Eu entrei lá no dia seguinte. O chão estava todo preto, como se tivesse sido queimado, e tudo ali cheirava à sálvia.

— Ou a *sei lá o quê* — acrescenta Grace, e Riley dá um risinho.

— E, no início deste ano, um bando de garotas a ouviu entoando versos no fundão da sala de álgebra — termina Alexis. — É estranho.

— Estranho — repito. Mas não me parece suficiente. Talvez as histórias que Alexis esteja contando sejam só boatos, mas aquele gato é bem real. E estava bem morto. Estremeço. Em circunstâncias ligeiramente diferentes, eu estaria almoçando com Brooklyn neste exato momento, provavelmente escutando histórias terríveis sobre Riley e suas amigas. Não acredito que a mesma garota que me ofereceu um bandeide seja capaz de matar um gato.

— Sem falar no que aconteceu no ano passado, com o sr. Willis... — acrescenta Riley.

Antes que ela consiga terminar a frase, um grito ecoa pelo campo de futebol. Eu me levanto de um pulo e viro a cabeça para um lado e para o outro, tentando ver quem gritou, mas então o som se dissolve numa risada e volta o silêncio.

Era só alguém brincando. Volto a sentar, me sentindo ridícula.

Grace inclina o corpo para a frente e pousa a mão no meu joelho. Seu colar de gravata-borboleta pende como um pêndulo.

— Gente, para! Vocês estão assustando a garota.

— Foi mal — diz Alexis, torcendo o nariz. Olho para a minha mão. Nunca gostei de histórias de terror. Até as histórias da minha avó sobre Quetzalcoatl me davam pesadelos. Distraída, esfrego meu desenho de Quetzalcoatl, deixando no lugar uma mancha avermelhada. Do sangue do meu polegar.

Olho para cima e percebo que Riley está me observando. Seus olhos seguem meu dedo enquanto ele traceja as linhas do desenho da serpente em minha mão. Seu olhar é estranho; tem a mesma expressão de frieza de quando ela viu o gato morto embaixo da arquibancada.

— É só um desenho bobo. — Lambo um dedo e tento apagar o desenho, mas só consigo obter uma mancha de tinta e de sangue na minha pele. Riley volta a olhar para meu rosto, erguendo os lábios num sorriso. O efeito não é o mesmo de quando ela sorriu antes, em que o sorriso aqueceu seu rosto. Agora, o sorriso não atinge os olhos dela. Eles permanecem vazios.

— Claro — diz Riley.

CAPÍTULO DOIS

Meus colegas ficam na frente da escola depois do último sinal, esperando os pais. Seria possível percorrer Friend inteira a pé em exatamente uma hora, mas mesmo assim todo mundo insiste em dirigir por aí em suas SUVs negras brilhantes que deixam escapar o ar condicionado e o som de música pop pelas janelas abertas.

Pelo canto do olho vejo uma mancha branca e me viro a tempo de ver Alexis e Riley entrando num carro. Grace acena para as duas da calçada, rodeada por um círculo de garotos com casacos esportivos e garotas com cabelo de comercial de xampu. Não importa a escola, não importa a cidade, os populares são sempre formados da mesma mistura de atletas e gente injustamente linda. Tudo na vida dessas pessoas é um pouquinho mais cintilante, mais rico... melhor. Claro que eu gostaria de ter isso também. Todo mundo gostaria.

Passo pelos grupinhos de gente dando risada e conversando e começo a andar de volta para casa. Moro tão perto que do estacionamento da escola consigo ver o meu bairro. Aqui o terreno é todo plano e seco, e os verões tão quentes que já estou suando. Estamos no final de setembro e ainda estou esperando que os últimos dias de 32° se transformem nos dias frescos de outono.

A entrada do meu bairro é indicada por uma placa eletrônica de 1,20m onde se lê HILL HOLLOW HOMES em letras brancas deslizantes. Há uma cachoeira e lago artificiais, embora ambos estejam secos, cheios de ervas daninhas e dentes-de-leão que cresceram por entre as rachaduras das pedras embranquecidas pelo sol. Mais além, a subdivisão é uma cidade-fantasma. As poucas dúzias de casas espalhadas pelos acres de terra revolvida por trator estão, basicamente, vazias.

Olho para as pontas do meu tênis enquanto passo por três vagas vazias de estacionamento e duas casas idênticas, cada qual com as mesmas paredes de tábuas azuis, o mesmo alpendre branco e a porta de entrada vermelha idêntica à minha. Quem escolheu a paleta de cores do meu bairro era bastante patriota.

Nossa casa é a única do quarteirão. Tem dois andares bem distribuídos e um alpendre estreito, um janelão e um quintal que se estende por dois mil metros quadrados antes de a grama dar lugar à terra. O barracão no início da trilha de carros parece uma versão em miniatura da casa, com a mesma combinação de cores e estilo. Fora essas cores à la Tio Sam, é exatamente igual a todas as outras casas em que morei.

Subo os degraus bambos de madeira do alpendre e entro em casa, escorregando num folheto que alguém enfiou por baixo da porta. Outra propaganda da Igreja Batista que fica no fim da rua. Recebemos dois ou três destes desde que nos mudamos para cá. Mamãe odeia tanto esses folhetos que chegou a ligar para a igreja reclamando. Ela sempre implicou com religião. Nunca me contou a história inteira, só que vovó não encarou muito bem o fato de ela engravidar sem estar casada.

Também não sou fã de nada que me diz que sou um erro, mas às vezes gostaria que ela não tivesse cortado a religião da nossa vida tão completamente assim. Vovó superou o lance do casamento quando nasci, e sempre achei linda sua dedicação ao catolicismo. Olho para o coração sangrando apavorante que está impresso na frente do folheto. Eu devia guardá-los e fazer uma colagem de corações sangrando para colocar na parede do meu quarto. Minha mãe iria adorar.

Deixo a mochila na mesa da cozinha e apanho um copo do armário de cozinha perfeitamente organizado que fica sobre a pia. Faz duas semanas que estamos morando aqui, mas quase todas as caixas já foram desfeitas, e nossas coisas foram cuidadosamente guardadas em armários e gavetas. A sargenta Nina Flores resolve tudo com precisão militar.

Encho o copo de água e levo-o até o quarto da minha avó, que fica no fim do corredor. Bato suavemente antes de abrir a porta.

— *Hola, Abuela* — cumprimento enquanto fecho a porta com o cotovelo, piscando por causa da escuridão. Como a luz machuca os olhos da minha avó, penduramos cortinas pesadas nas janelas para bloquear o sol e envolvemos o abajur com uma echarpe para manter a luz fraca. A echarpe faz com que o quarto fique avermelhado, e leva um instante até que meus olhos se acostumem.

Cuidadosamente vou até a mesinha de cabeceira da minha avó e apanho o estojinho de plástico onde estão guardados seus remédios. Vovó está sentada ereta na cama, com as contas de um rosário entre as mãos trêmulas, olhando para a frente, os lábios se mexendo silenciosamente enquanto ela empurra uma conta após a outra entre os dedos.

Ela era linda, mas é difícil ver algum sinal disso agora. Alguns anos atrás um derrame arruinou o lado direito do seu corpo. A pele pende dos ossos de seu rosto como cera derretida, e sua bochecha esquerda está tão caída que dá para ver a parte inferior branca cinzenta do seu olho e a parte avermelhada do interior de sua pálpebra. O lado direito da boca ficou retorcido e imóvel num esgar que não combina em nada com a avó sorridente e risonha das minhas lembranças.

Eu me obrigo a deslizar os comprimidos pelos seus lábios rachados, depois levo o copo com água até eles para que ela possa tomar um gole. Ela continua sendo a mesma avó que me enviava poeminhas engraçados escritos em espanhol no meu aniversário, lembro a mim mesma.

A água escorre pelo lado direito da sua boca e eu a enxugo com a manga da minha camiseta, depois aperto sua mão macia, com pele fina como papel. Sua respiração rouca quebra o silêncio do quarto, seguida do *clic clic* que as contas do rosário de madeira fazem ao baterem na mesa presa à sua cama hospitalar. Ela não falou uma palavra desde o derrame.

— Certo, hora de se exercitar — digo, pousando o copo na mesinha de cabeceira. Afasto seu cobertor e com todo o cuidado estico sua perna direita, depois a dobro na altura do joelho, para que seus músculos não se atrofiem. Faço isso três vezes, como a última enfermeira que tivemos me ensinou. Ainda não conseguimos encontrar uma enfermeira em Friend.

— A senhora iria adorar aqui, sabe — digo, repousando a perna dela na cama. Puxo o cobertor por cima dela e passo para a outra perna. — Eles vendem estátuas da Virgem nos postos de gasolina.

As contas do rosário de vovó batem de leve na mesa, num tique constante como o do ponteiro dos segundos de um relógio. Ela nunca percebe de fato quando estou exercitando suas pernas. Não sei mais se ela consegue senti-las.

— E como é *quente*. — Seguro seu tornozelo e puxo sua perna esquerda, num alongamento suave. — A senhora se lembra daquele verão lá no México em que estava tão quente que tentamos assar biscoitos no peitoril da janela da sua casa?

Os cliques das contas do rosário são minha única resposta. Paro de contar a história, deixando a pergunta no ar, sem retorno, entre nós. Vejo vovó de pé ao lado da janela, observando os biscoitos borbulharem com o calor. Isso foi antes do derrame, no tempo em que ainda era forte e linda. Quando ela se inclinou para a frente, a cruz de ouro grossa que usava ao pescoço roçou nos biscoitos e ficou toda suja de massa. Ela me deu a cruz para lamber, como se fosse uma colher.

Agora deslizo sua perna esquerda novamente para a cama e cubro-a com o cobertor. Vovó sempre dizia que um dia me daria aquela cruz de presente. Ela não a usa desde o derrame.

Abro a caixa de papelão que está no topo da pilha de caixas ao lado da sua cama, aquela onde minha mãe escreveu ROUPAS E JOIAS, e vou escavando os montes de vestidos de verão até encontrar a caixa de joias da minha avó, enterrada ali embaixo. Abro-a e encontro um emaranhado de pérolas, contas e correntinhas de prata. Desembaraço-as e separo cuidadosamente a cruz de ouro pesada.

— Linda — murmuro, colocando o colar. — O que a senhora acha, vovó? Gosta?

Um filete de baba escorre da boca da minha avó. Eu abaixo o braço e o enxugo com a manga da camiseta, estremecendo de nojo. Lá embaixo, a porta da casa se abre e se fecha. Passos rangem no hall de entrada.

— Sofia? — chama minha mãe.

— Até mais, *Abuela* — sussurro para vovó antes de descer o corredor.

Mamãe está de pé na cozinha, de costas para mim, e uma sacola de compras repousa no balcão ao seu lado.

— Cancelaram minha aula, por isso dei um pulo no supermercado — diz ela assim que entro, guardando uma embalagem de leite dentro da geladeira. Sua roupa camuflada pende de seu corpo magro, e gotinhas de suor pontilham sua lombar. — Você sabia que aqui eles vendem Bíblias ao lado dos tabloides perto do caixa?

— Quanta cara de pau — comento, entrando no jogo. Mamãe não nota meu sarcasmo. Balança a cabeça e fecha a porta da geladeira. Pigarreio. — Ah, meu primeiro dia de aula foi legal.

— Quê? — pergunta ela, sem entender. Seu rabo de cavalo curto e negro repuxa a pele ao redor do rosto, fazendo sua expressão confusa parecer ainda mais severa. Então sua expressão relaxa quando ela se lembra. — Ah, é, a escola nova. Fez alguma amizade?

Ela pergunta aquilo com um tom tão animado e positivo que seria de se imaginar que costumo fazer dúzias de amigos sempre que nos mudamos para uma nova cidade. Na verdade, eu tenho sorte se encontro uma ou duas pessoas com quem sair nos poucos meses em que ficamos em cada uma.

Estudo o rosto de minha mãe por um instante para descobrir se ela está tentando me animar ou se está sendo apenas indiferente.

— Ah, claro. Centenas — digo. — A galera até apelidou hoje de Dia de Sofia Flores. Amanhã vão organizar um desfile pra mim.

Mamãe abre a boca — provavelmente para mandar que eu maneire o tom —, mas então seus olhos se detêm em meu pescoço. Ela aponta para a cruz que ainda estou usando.

— O que é isso? — pergunta. Sem esperar que eu explique, ela estende a mão.

Com ela não tem discussão, por isso tiro o colar e pouso a cruz na palma da sua mão.

— Achei bonita.

— Não é para ser bonita. — Ela suspira e guarda o colar no bolso.

Aperto os lábios. Às vezes não sei como é possível que ela e vovó tenham sequer o mesmo sangue.

Volto até a mesa da cozinha e começo a separar os livros do colégio, enquanto minha mãe sobe as escadas para devolver a cruz da vovó à caixa de joias. Termino o dever de casa em silêncio.

Mais tarde, ainda naquela noite, quando tenho certeza de que minha mãe já está adormecida, saio de fininho da cama e sigo descalça com todo o cuidado até o quarto da vovó. Retiro a cruz da caixa de papelão. Vovó continua olhando fixo para a frente, sem piscar, enquanto eu a guardo na mochila. Metade de sua boca se mexe com a mesma oração muda e lenta de antes, enquanto a outra metade permanece retorcida, congelada.

O único som que escuto ao fechar a porta do seu quarto atrás de mim é o *clic clic clic* das contas do rosário, ecoando na escuridão.

CAPÍTULO TRÊS

No dia seguinte eu entro em uma das estreitas cabines verdes do banheiro feminino entre a terceira e a quarta aula. Rabiscos de caneta permanente cobrem a porta, dizendo-me que Erika é uma vadia e que o amor que acaba nunca existiu, para começo de conversa. Uma tira de papel higiênico se estende sobre os azulejos brancos e pretos. Assim que fecho a tranca, ouço a porta do banheiro se abrir.

— Sofia? — Tomo um susto com a voz e me levanto depressa demais, batendo o cotovelo no suporte do papel higiênico. — Saia, saia, de onde estiver.

— Riley? — Minha voz ecoa pelas paredes do banheiro. Eu nem tinha procurado Riley e suas amigas esta manhã, supondo que almoçar com elas fosse algo que não se repetiria. Elas tinham ficado com pena de mim e só quiseram me mostrar que a Adams High era mais do que mutilação de animais e rituais satânicos. Mesmo assim, destravo a tranca nervosamente e abro a porta.

Riley está apoiada em uma das pias, ajustando a echarpe de seda amarrada em seu pescoço. Ela parece Audrey

Hepburn com aquela camisa de botões sem mangas e calças de cintura alta. A luz fluorescente tremula no teto.

— Adorei o colar — diz ela, olhando-me pelo espelho enquanto coloca um cacho perfeito de cabelo castanho atrás da orelha. Toco a cruz pendurada ao meu pescoço.

— Valeu.

— Nós vimos você entrando — explica Alexis. Ela apoia a bolsa de couro branco ao lado da pia de porcelanato desgastado e retira um batom cor de pêssego. Seu cabelo loiro finíssimo roça a pia quando ela pinta os lábios. — Pensamos em vir dizer um oi.

Grace fecha a porta. Riley retira uma das suas sapatilhas e a coloca entre a porta e o batente. Ela testa, e a porta não faz um movimento sequer.

— Pronto. Agora ninguém vai conseguir nos incomodar.

Abro a boca para perguntar quem poderia fazer isso e então penso em Brooklyn e no gato morto, e torno a fechá-la. Grace se inclina diante do balcão verde-abacate da pia. Hoje suas tranças negras estão presas atrás de uma faixa com estampa de oncinha, e ela usa sandálias douradas de plataforma que a deixam uns três centímetros mais alta.

Riley repousa as mãos nos meus ombros.

— Sof, você tem ideia do quanto você é bonita? — pergunta. — Gente, a Sofia não é linda?

— Você é *tão* bonita — ronrona Alexis, fechando a tampa do batom.

— Valeu — digo, analisando os reflexos delas no espelho. Será que estão me zoando? Meu cabelo é brilhante e minha pele às vezes fica dourada pelo sol, mas essas meninas são perfeitas. A pele delas é aveludada e fresca e sem um único poro aberto, mesmo embaixo dessas luzes fluorescentes duras do banheiro, que foram cientificamente projetadas para fazer qualquer pessoa parecer um zumbi.

Sorrio, balançando a cabeça. Claro que elas só estão sendo gentis.

Riley retira o elástico que prende o meu rabo de cavalo e penteia meus cachos com os dedos.

— Olhe como fica muito melhor solto — diz ela. Ela tem razão; fica mesmo melhor solto, mas agora eu o estou prendendo sempre para que o calor do Mississippi não deixe meu cabelo todo espigado. Uma linha fina de suor já começa a se formar na minha nuca.

Alexis guarda o batom na bolsa e tira de lá um cantil de bolso. Nunca descrevi um cantil de bolso como fofo, mas o dela é exatamente isso: pequenino e prateado, todo decorado com flores e vinhas em relevo nas laterais. Ela dá um gole e passa o cantil para Grace.

— Vocês bebem? — pergunto.

— Estamos tomando a Comunhão — diz Grace. Ela fecha os olhos e leva o cantil aos lábios.

— Você não vai à igreja, não, Sof? — Riley olha com a testa franzida para o meu reflexo, os dedos ainda emaranhados nos meus cabelos.

— Minha mãe não gosta de igreja — respondo. — Mas minha avó é católica, então eu sei o que é a Comunhão.

Alexis dá uma risadinha e passa seu cantil para mim, mas Grace o arranca de sua mão antes que eu possa apanhá-lo.

— Peraí — diz ela. — Sofia não pode tomar. Esqueceram? Vocês duas nem me deixavam tocar nesse cantil antes de eu ser "batizada com o sangue do cordeiro".

— Grace tem razão. Você só pode tomar a Comunhão depois que aceitar Jesus Cristo como seu Senhor e Salvador. — O tom de Riley é leve, mas seus olhos guardam certa frieza. Ela torce o nariz para mim.

— Tudo bem, minha avó já me explicou isso — digo. Mamãe não me deixou ser batizada, mas eu costumava frequentar a igreja com minha avó. Na hora da Comunhão, o padre colocava a mão em minha cabeça e rezava por mim em vez de me oferecer a hóstia e o vinho.

Quando olho para ela novamente, Riley está me encarando pelo espelho.

— Sabe de uma coisa, a gente poderia fazer isso agora mesmo, se você quiser. Batizar você.

Solto uma risada curta, certa de que ela está brincando. Mas o rosto de Riley continua sério.

— Você tá a fim de me batizar *aqui*? — solto de repente. — No banheiro?

— Aqui tem uma pia — diz Riley, encolhendo os ombros. — E Alexis, você sabe o que precisa dizer, não sabe? — Antes que Alexis possa responder alguma coisa, Riley abre a torneira e fecha uma das pias com um plugue. A água cai no porcelanato branco manchado.

— Mas não precisa de padre pra ser de verdade? — pergunto.

Riley corre o dedo por um de meus cachos.

— Vai ser de verdade pra nós — explica. — Como virar irmãs de sangue. É assim que nós vamos saber que você pertence ao nosso grupo.

Coço a pele das minhas cutículas e finjo pensar no assunto. Eu tive exatamente uma amiga na última escola, e a coisa mais bacana que fizemos juntas foi ficar acordadas até de madrugada assistindo a reprises do seriado *Galera do Barulho*.

— Topo — digo. Atrás de Riley, a pia se enche. A água escorre pela lateral e cai no piso de azulejos. Grace se inclina na frente dela e fecha a torneira.

— Cuidado — diz, mas Riley não parece ouvir. Sorri para mim, parecendo tão feliz que me pego sorrindo também.

— Certo. Cruze os braços assim. — Riley levanta os braços em X na frente do peito, ainda segurando em uma das mãos o cantil de Alexis. — Ótimo. Agora se abaixe, para ficar sobre a pia. Alexis, você precisa abençoar a cabeça dela com água benta.

— Isso aqui não é água benta — observa Grace. Riley derrama o cantil de vinho de Alexis na água. Uma corrente vermelha se despeja sobre a superfície, espalhando-se como sangue.

— Esse vinho foi abençoado — diz Riley. — Então dá na mesma.

Solto uma risada nervosa quando Alexis mergulha o dedo na água. Um cílio loiro está grudado em sua bochecha, formando uma minúscula meia-lua dourada contra sua pele.

— Sofia, eu te batizo em nome do Pai, do Filho e do Espírito Santo. — Ela toca o dedo em minha testa, peito e nos dois ombros.

— Amém — diz Riley. Ela pousa uma das mãos na minha nuca e a outra sobre meus braços cruzados. Fecho os olhos e fico na dúvida se preciso rezar.

Antes que eu decida a questão, Riley empurra minha cabeça para dentro da pia.

A água atinge meu rosto como um tapa. Abro os olhos e, por instinto, inspiro, inundando imediatamente meus pulmões. Engasgo, soltando tosses profundas e intensas que enchem a água de bolhas e nublam minha visão. Pisco sem parar, olhando fixo para o plugue no ralo da pia.

Tento levantar a cabeça, mas a mão de Riley parece um peso. Aperto os dedos nas beiradas da pia. As bolhas na minha frente vão ficando turvas à medida que minha visão vai se escurecendo. Meus dedos se afrouxam quando começo a perder a consciência e então, finalmente, Riley retira a mão. Tiro a cabeça da água de uma vez e começo a engasgar e tossir. Meu cabelo escorre na frente dos meus olhos em mechas encharcadas.

Alguém afasta meu cabelo do rosto. Pisco e vejo Riley na minha frente, seus olhos claros e pálidos iluminados de animação.

— Oh, Sof, tá tudo bem contigo? Você se saiu tão bem!

— Acho que sobrevivi — digo, engasgada. Explosões de luzes ainda pontilham a minha visão periférica, mas o sorriso de Riley é doce, sincero. Ela se inclina para a frente e me dá um beijo no rosto.

— Agora você é uma de nós — declara. Suas palavras acendem algo morno em mim, como um fósforo. Sou uma delas.

— Agora você está salva — diz Riley.

CAPÍTULO QUATRO

— B^{uu!} Dou um pulo ao ouvir aquela voz repentina, fazendo cair no chão a caneta com que eu estava desenhando. Grace salta de trás do banco de madeira onde estou sentada e se dobra ao meio, num ataque de riso.

— Nossa, como é fácil te assustar — provoca ela.

— Talvez você é que seja assustadora. — Apanho a caneta do chão e a atiro nela. Quando a caneta quica em seu ombro, Grace levanta as mãos num gesto de rendição.

— Ei! Eu vim em paz. Riley me pediu pra te encontrar.

— Ah, é? — Mamãe levou vovó a uma consulta médica hoje, portanto não preciso sair correndo para casa depois da aula. A única coisa que me aguarda são as sobras do jantar de ontem. E os olhos de Grace estão brilhando de um jeito malicioso. — Por quê?

Grace endireita a faixa com estampa de oncinha e se senta no banco ao meu lado, olhando para os aros de basquete na nossa frente. A quadra externa de basquete é muito menos imponente do que o campo de futebol americano. O chão de concreto está todo rachado e malcuidado, e nas cestas não há nem mesmo redes. As únicas outras pessoas por ali são os desocupados clichês que fumam cigarro escondido e passam de um pra outro uma garrafa de 2 litros de uma marca genérica de chá gelado.

— A gente tá indo para a casa — declara Grace. — Quer ir? — Suas unhas foram pintadas com um azul elétrico que parece neon contra sua pele negra.

— Casa de quem? — pergunto.

— Não precisa ficar toda assanhada. Você vai ver. — Grace dá uma piscadela. — E vai *adorar*.

Apanho a caneta e o caderno de desenho e sigo Grace. Saímos da escola e passamos por fileiras e mais fileiras de casas suburbanas perfeitas com a bandeira do Mississippi hasteada no alpendre. A sandália plataforma superalta de Grace amarrada a suas pernas já longas e magras fazem com que ela se movimente como uma gazela.

— Isso é o que eu amo nas cidadezinhas de interior — comenta ela, enquanto andamos. — Olhe só como esse bairro é seguro e chato. Lá em Chicago, meu pai chamaria a polícia se eu não voltasse para casa logo depois da escola. Mas aqui? — Grace abre os braços e rodopia no meio da rua. — Ninguém acha que é possível se dar mal por aqui. Você consegue sentir o gostinho de liberdade, Sof?

— Ah, sim — respondo. — Tem gosto de...

— Vinho tinto — interrompe Grace. — E chocolate.

Rio, correndo para conseguir acompanhar as passadas largas dela.

— Morei em DC por uns dois anos no primeiro ano do ensino médio. Eu e uns amigos matamos aula uma vez... uma *única vez*... e o professor pensou que a gente tinha sido abduzido. — Decido não dizer que isso foi durante minha brevíssima fase gótica, nem que matamos aula para arrumar carteiras de identidade falsas para conseguir entrar no show de uma banda que ia tocar num lugar chamado Club Trash. — O diretor chegou a ligar para a polícia e tudo o mais.

— Boa! — exclama Grace, rindo. — Você se muda bastante, então? Seus pais são militares?

— Exército.

— Os meus também — diz Grace. — Meu pai é engenheiro militar. A gente se mudava de dois em dois anos, até ele resolver que eu precisava ter uma "experiência escolar autêntica"... seja lá o que isso quer dizer.

Chuto uma pedra com o tênis e observo-a saltitar pela calçada poeirenta.

— E você curte aqui? Esse lance de seguro e chato não enche o saco?

— Não quando se é criativo — responde Grace com outro sorriso malicioso. — Pra ser sincera, eu não esperava que fosse gostar daqui. Quando a gente se mudou, uma galera racista babaca vivia zoando meu cabelo. Mas aí comecei a andar com a Riley e ela deixou bem claro que qualquer um que se metesse comigo teria de enfrentar as consequências. — Grace balança a cabeça, como se ainda não conseguisse acreditar. — Na minha antiga escola, quando alguém vinha falar merda a gente simplesmente fechava a boca e torcia pra acabar logo, sabe como é?

— Sei — digo. No mesmo instante me lembro da risada aguda de chacal de Lila Frank, na última escola onde estudei. — Na minha antiga escola também era assim.

— Bom, acontece que Riley não deixa barato esse tipo de coisa. Eu caminharia no fogo por aquela garota.

— E a Alexis? — pergunto.

— Ah, ela é um amor. Mas é praticamente uma cópia de Riley. — Grace revira os olhos. — É até bonitinho, na verdade... você vai ver.

Grace atravessa um terreno de terra batida e se enfia por entre um bolsão de árvores. Uma colcha de retalhos feita de terra se abre à nossa frente. É tão vazia que chega a ser incômoda — não há nada além de terra batida e estradas curvas asfaltadas que não levam a lugar nenhum. O terreno é tão plano que consigo ver todo o condomínio, até o início de um grupo de árvores nuas que não foram derrubadas pelos tratores e escavadeiras.

Sigo Grace por um quarteirão de terrenos vazios e antigos canteiros de obras. No ponto onde a rua vira um beco sem saída, há duas casas lado a lado. A primeira não foi pintada e as aberturas onde deveriam estar as janelas e portas estão cobertas com um plástico grosso. Quando venta, o plástico se enfuna e cai.

A segunda podia ser uma casa completa se não fosse a pintura não concluída, que deixa entrever a madeira por baixo de uma única camada leve de tinta branca. Grace sobe os degraus do alpendre como se fosse a dona do lugar.

— Todo esse condomínio pertence à empresa do pai de Riley — explica ela. — O terreno, os equipamentos de construção... tudo. Parece que, depois da crise econômica, não conseguiram vender as casas, portanto, elas ficaram aqui, ocupando espaço. Uma vez que tecnicamente pertencem à família de Riley, de vez em quando a gente as pega emprestadas.

Sorrio enquanto subo as escadas atrás dela. Uma casa abandonada rodeada de terrenos baldios é algo que definitivamente tem todo o potencial de não ser chato.

— Me disseram que os outros adolescentes só podem ficar em seus quartos...

— Pois é, pobres adolescentes — diz Grace. Ela hesita no alpendre. — Quase ia esquecendo. Não fale no Josh, a não ser que Riley toque no assunto.

Franzo a testa, subitamente confusa.

— Peraí. Quem?

Grace para, com a mão apoiada na porta.

— Josh é o namorado de Riley. Os dois tiveram uma briga feia depois do almoço e agora Riley tá puta da vida com ele. Foi por isso que a gente veio pra cá. Ri precisa de uma noite só de meninas.

— Beleza. Nada de falar do Josh.

Grace empurra a porta e entramos juntas na sala escurecida. A luz da tarde entra filtrada pelas janelas, mas o plástico azul fosco que cobre as vidraças conserva a casa escura. Meus olhos se turvam e sou obrigada a piscar algumas vezes até conseguir enxergar direito. Ouço o barulho de risinhos e de gente se mexendo na escuridão, depois o som do silvo de uma espécie de gás, e então a sala se enche de uma luz dourada. Alexis apanha uma lamparina azul e a leva até nós.

— Oi, Sof. — Ela passa um braço em torno dos meus ombros e me puxa num abraço. As mangas de seu vestido branco rendado roçam meu pescoço. — Aaah, estava morrendo de vontade de pôr as mãos no seu cabelo! — diz ela, quando se afasta.

— Nem *pense* em deixar ela tocar em você! — exclama Grace. — Pra ela, beleza é pente e spray fixador.

Alexis faz beicinho.

— Nossa, quem ouve fica achando que eu sou uma pessoa supertrash. Nem todo mundo consegue se montar com o mesmo visual de diva daltônica que você.

— Ei, não precisa pegar pesado — retruca Grace, mas eu entendo o que Alexis quer dizer. Se qualquer outra pessoa tentasse usar aquela combinação de saia de lantejoulas azul, jaqueta de couro e faixa com estampa de oncinha, pareceria ter se vestido no escuro. Grace, porém, fica ultradescolada.

— Cadê a Riley? — pergunto, virando-me. Há sacos de dormir e travesseiros espalhados pela sala, e um caixote de leite emborcado faz as vezes de mesa de centro, onde elas colocaram uma Bíblia e uma garrafa de vinho vazia. Recortes de revista mostrando garotos e cartões-postais de igrejas europeias antigas cobrem as paredes, junto com centenas de fotos de Riley, Alexis e Grace.

Puxo o canto de um pôster recortado de uma revista e encontro uma foto de Riley e Alexis pequenininhas, com pernas magras e compridas e laçarotes ridículos no cabelo. Estão vestidas com roupas idênticas.

— Lexie e eu somos amigas desde sempre — diz Riley. Eu dou um pulo e me viro depressa; não tinha ouvido ela chegar por trás de mim. Está descalça e usa um vestido tipo quimono de seda, os cachos soltos ao redor dos ombros. É como se ela tivesse se arrumado só para nós. — Gostou da nossa parede?

— É demais — digo, correndo os olhos pelas fotos. O rosto de Robert Pattinson espia por detrás de algumas fotos, entradas de cinema e adesivos. Sorrio. — Ei, e isso *aqui*?

— Grace ficou apaixonadíssima por ele durante, sei lá, um dia — explica Alexis, esticando-se no chão. — Mas agora ela só tem olhos para o *Tom*.

— Cala a *boca* — diz Grace, atirando um travesseiro em Alexis. Alexis o apanha e o apoia atrás da cabeça.

— Uuh, e quem é Tom? — pergunto. O rosto de Grace fica vermelho.

— É o irmão mais velho do meu namorado — explica Riley. — Todos nós nos conhecemos quando tínhamos, sei lá, uns sete anos de idade.

Grace pigarreia.

— Desculpe — diz Riley. — Todos nós, menos Grace. Os outros se encontram no lago desde crianças. Tá vendo?

Riley se inclina na minha frente para alisar uma foto amassada que mostra ela e Alexis com dois caras na frente de uma mansão. É uma casa moderna, com cerca de aço e janelas gigantescas que vão do chão ao teto. Tudo naquela casa parece elegante e premeditado, da Mercedes SUV estacionada na frente às árvores perfeitamente podadas espalhadas pelo gramado, passando pelo deque comprido de madeira que se projeta a partir do lago de água azul-clara e calma.

— Esta era a casa da minha família no lago Whitney — explica.

Eu me inclino para olhar a foto. Alexis e Riley estão recostadas na grama, bronzeadas e lindas com seus biquínis minúsculos, o cabelo arrumado em ondas ao redor dos ombros. Entre as duas está o cara bonitinho que conheci no restaurante da escola.

— Ei, eu conheço esse cara — digo, apontando para Charlie, que está com uma camiseta branca úmida e calção de banho, o cabelo despenteado para trás, como se ele tivesse acabado de dar um mergulho.

Eu me viro para Riley, mas ela não está olhando para Charlie. Seus olhos estão grudados no garoto ao lado, com covinha no queixo e cabelo despenteado espalhado ao redor do pescoço e rodeando a testa. Deve ser o infame Josh.

Riley aperta os lábios e pressiona o dedo no rosto de Josh, de modo que a única coisa que consigo ver é sua camisa polo.

— Brigaram feio? — pergunto. Sei que Grace me disse para não tocar no assunto, mas não é por isso que viemos pra cá?

— Feio o bastante para eu ter de escolher entre dar um pé na bunda do babaca ou esquecer o quanto estou puta da vida com ele. — Riley atravessa a sala e apanha uma garrafa de vinho pela metade que estava atrás de um saco de dormir enrolado. Ela acena com a garrafa para mim. — Adivinha o que eu escolhi.

— Esquecer com a ajuda do vinho? Aprovado — digo.

— Você sabia que a gente tá junto há três anos? — diz ela, e puxa a rolha da garrafa. Com aquele vestido sexy e os cachos soltos, ela faz uma dor de cotovelo ganhar aura de romantismo. – Nós éramos muito apaixonados. Tipo Romeu e Julieta.

– Romeu e Julieta morreram no fim da peça, Ri – observa Grace. Ela se agacha ao lado do caixote de leite e retira dali um saco de pipoca caramelada e um pote de Nutella. – Não é um bom sinal.

– Enfim. – Riley leva a garrafa aos lábios e dá um gole comprido. – Isso é só uma briguinha à toa. Josh e eu fomos feitos um pro outro.

Grace me entrega uma colher.

– É assim que se come, ó. – Ela abre o frasco e coloca um pouco de pipoca caramelada ali dentro, depois mistura tudo com a colher. – É divino. Sério.

Provo, hesitante. É salgado, doce e crocante ao mesmo tempo. Dou mais uma colherada no pote. O canto da boca de Riley se retorce num sorrisinho.

– Mas, me conte, o que tá rolando entre você e o Charlie?

– Quê? – Enfio outra colherada de Nutella com pipoca caramelada na boca para esconder minha vergonha. – Não tem nada acontecendo – digo, engolindo.

– Ah, me poupe. Eu vi como você comeu ele com os olhos naquela foto. – Riley se atira sobre uma pilha de travesseiros e leva a garrafa de novo aos lábios. – Você *tá a fim* dele.

– Nossa, será que a Sofia já tá apaixonada por alguém? – pergunta Alexis.

– Não tem paixão nenhuma – insisto, sentindo um calor subir pelo meu pescoço a cada palavra. – Eu só gosto dos... braços dele.

Alexis atira o corpo para trás nos travesseiros, gargalhando, e Grace faz barulhos de beijo enquanto eu passo adiante o frasco de Nutella e a colher.

— Caramba, você tem um gosto fabuloso. Charlie é nota dez. — Riley alisa o vestido sobre as coxas. — Acho que eu conseguiria armar isso pra você. Se você quiser.

— Armar? — retruco. — Não somos cachorros, você não pode jogar a gente numa sala e esperar um acasalamento.

— Ah, não? — Riley fixa aqueles olhos azul-claros em mim, e imediatamente percebo o quanto estou errada. Riley obviamente consegue tudo o que quer, não importa o quanto pareça loucura.

— Peraí — diz Grace. — Como é que você nunca me ofereceu o mesmo com Tom?

— Tom não tem a mínima ideia do que quer, Gray. Você merece coisa muito melhor. Mas Charlie... Com Charlie eu poderia dar um jeito.

Riley fica de joelhos e se inclina para a frente, roçando as costas da mão no meu rosto.

— E olhe a Sofia, ela não é absolutamente linda? Ela foi feita para que alguém se apaixone loucamente por ela.

Minha pele começa a formigar no local onde Riley a tocou. Aquelas palavras acendem alguma coisa dentro de mim. Imagino Charlie deslizando um braço pelos meus ombros e me puxando para perto. Sinto o calor de seus lábios nos meus, e meu corpo se enrijece de desejo. Meus ex-namorados sempre foram mais do tipo com quem a gente dá uns amassos no escuro e pronto; o amor não estava nunca em questão.

Balanço a cabeça, repentinamente envergonhada.

— Não tô entendendo... achei que Charlie fosse amigo de Brooklyn.

Riley franze a testa e me olha por cima do gargalo da garrafa.

— Por que você acha isso?

— Não tem muito motivo, na verdade. É que ontem ele a cumprimentou na fila do almoço.

Os lábios de Alexis se movem enquanto ela conta os milhos não estourados na palma da mão dela.

— Aquele menino é legal demais para seu próprio bem — murmura.

— A gente era amigo, sabe — diz Riley. — Todos nós. Brooklyn também.

— Gostaria mais uma vez de observar que isso foi AG — diz Grace. — Antes de Grace. Ou seja, na época mais conhecida como Idade das Trevas.

— Também foi antes de Brooklyn começar a se vestir como alguém do catálogo da Urban Outfitters — acrescenta Riley, remexendo a barra do vestido. — Antes ela era superlegal, mas depois que entramos no colegial, ela... mudou.

Lembro a maneira como Brooklyn estreitou os olhos para olhar para Riley no restaurante da escola, como apontou um revólver imaginário para a cabeça dela.

— Por quê?

— Ninguém sabe. — Riley revira a garrafa com as pontas dos dedos, deixando um círculo vermelho no chão. Ela apanha a garrafa e a entrega para Alexis. — Às vezes eu me pergunto se não é para chamar atenção, pedir ajuda. Como se Deus quisesse que a gente a salvasse. Mas já tentamos conversar com ela, e ela não quer nem saber. Acho que temos muita história juntas.

— Ela tratou Grace supermal — diz Alexis, passando a garrafa para mim. — E olha que ela nem a conhece direito.

— Comigo ela foi normal — digo. Deixo o vinho se demorar na minha língua, mantenho-o dentro da boca.

— Ah, é? — pergunta Grace.

Encolho os ombros.

— Quer dizer, a gente não pintou as unhas uma da outra nem nada assim, mas ela me deu um bandeide.

Alexis solta um risinho.

— Dá pra imaginar pintar as unhas com a Brooklyn? Aposto que ela só tem esmalte preto.

Alexis ri ainda mais, mas Riley de repente se empertiga.

— Espere aí. Talvez você devesse fazer isso mesmo — diz ela. Em seus olhos claros há uma luz enlouquecida, empolgada; e ela os fixa diretamente em mim. — Andar com a Brooklyn, quero dizer. Acho que ela ainda não viu você com a gente. Você poderia descobrir por que ela virou uma vaca.

— Você quer que eu fique espionando a Brooklyn? — pergunto.

— Dá um tempo, Ri, não peça pra ela fazer isso. — Grace atira uma pipoca em Riley. — É bizarro.

— É, acho que falando assim parece mesmo espionagem. — Riley abaixa os ombros. — Foi mal, Sof, não foi isso o que eu quis dizer. Eu só pensei que seria bacana se a gente pudesse ajudar a Brooklyn.

— Claro, tranquilo — digo, mas fixo a ideia na minha cabeça. Prefiro andar com Riley e suas amigas do que com

Brooklyn, e definitivamente prefiro Nutella e vinho tinto a mutilação de animais e sessões espíritas no vestiário. Apesar disso, fico curiosa para saber como a Brooklyn é de verdade.

De repente, Alexis se empertiga e deixa o resto da sua porção de pipoca caramelada cair no chão.

— Gente, vamos fazer outra coisa — diz, limpando o farelo de pipoca dos dedos e atirando-o sobre um dos sacos de dormir. — Senão a Sofia vai achar que a única coisa que a gente faz na vida é fofocar sobre a Brooklyn.

— Ei, me tira dessa história — diz Grace. — Eu nem conheço aquela louca direito.

— Passa isso pra cá. — Alexis aponta para a garrafa de vinho que ainda estou segurando e eu a entrego para ela. Ela toma um gole comprido. — Beleza, essa é uma brincadeira que eu e a Ri costumávamos fazer o tempo todo quando a gente era pequena: se chama *concentração*.

— Ugh! Não! — geme Riley, fazendo uma careta. — Essa brincadeira é tão boba, Lexie.

— Cala a boca, é perfeita — retruca Alexis. — Vamos, Grace. Você primeiro.

Grace engatinha até Alexis e senta na frente dela, fechando os olhos. Alexis bate de leve com o punho fechado no alto de sua cabeça e depois desliza os dedos pela sua nuca e seus ombros. Grace dá risadinhas.

— Quando eu terminar de falar, você vai entrar num transe — continua Alexis, correndo os dedos para cima e para baixo pela coluna de Grace. — Esse transe vai ajudar você a enxergar o momento mais importante de sua vida, seja ele do passado ou do presente.

— Ai, meu Deus — gemo. Riley ri através da boca fechada.

— Quietas — diz Alexis. — Isso é completamente científico.

— Não ligue pra elas. Estou pronta — diz Grace.

— Ótimo. Agora se concentre — sussurra Alexis. Ela vai dando pancadinhas com as mãos espalmadas de lado nas costas de Grace e depois massageia seus ombros e seu pescoço como se estivesse amassando pão. Grace abaixa a cabeça, relaxada, e fecha os olhos. — O que você está vendo?

— Estou vendo... — Grace balança o corpo para a frente e para trás. Suas pálpebras tremulam e seus lábios se abrem num sorriso ligeiro. — Estou vendo uma praia. É comprida e de areias brancas. E na frente dessa areia o mar é maravilhoso, azul brilhante.

— Ótimo — sussurra Alexis. — Que mais?

O sorriso de Grace some.

— Não estou sozinha — diz ela. Agora sua voz tem certa frieza. Estremeço. — Tem mais alguém aqui. Alguém que não consigo ver quem é.

— Vire-se — diz Alexis. Grace assente. Ela para de se balançar e todo o seu corpo se enrijece. — Olhe quem está atrás de você, Grace. Agora... descreva como ele é.

Os olhos de Grace se abrem de repente.

— É Tom — diz ela, arqueando as sobrancelhas. — Ele está deitado numa toalha de praia, sem camisa. Quer passar protetor solar nas minhas costas.

Alexis dá uma pancada de brincadeira no braço de Grace, e Grace solta um ronco que na verdade é uma risada.

— Sua sem noção — diz Alexis, sorrindo. — Beleza, quem vem agora? Riley?

Riley toma mais um gole de vinho e faz que não.

— Nem pensar. Eu protesto contra essa brincadeira.

Alexis revira os olhos.

— Então Sofia. Venha.

— Beleza — digo, sorrindo. Vou até Alexis e ela se senta sobre os joelhos, depois coloca as mãos nos meus braços. Enfia os nós dos dedos em meus ombros, depois corre os dedos pelas minhas costas.

— Concentração — diz ela, sussurrando, enquanto fecho os olhos. — Ouça o som da minha voz...

De olhos fechados, percebo o quanto está quente nesta sala. O calor paira ao redor da minha pele e pressiona meus braços. Oscilo um pouco e depois solto uma risadinha borbulhante. Minha cabeça está leve; o vinho já me deixou bêbada.

Os dedos de Alexis se afundam nas minhas costas e eu tento não rir de novo. Faz cócegas. As outras garotas agora estão em silêncio. Quero abrir os olhos para ver o que elas estão fazendo, mas minhas pálpebras estão muito pesadas. Minha cabeça gira. Meu Deus, quanto vinho tomei? Estou começando a me sentir tonta...

— Concentração — repete Alexis, e para minha surpresa algo tremula diante das minhas pálpebras. É uma lembrança da minha antiga escola.

— Me diga o que você está vendo — ordena Alexis.

Um cotovelo afiado me atinge nas costelas e eu cambaleio para a frente, na direção dos armários verde cor de vômito. Meus livros caem dos meus braços com força no chão.

A pessoa que me deu a cotovelada ri enquanto continua andando pelo corredor. Eu me ajoelho para apanhar minhas coisas, sem me importar em levantar a cabeça.

— Deixa que eu te ajudo. — Karen se ajoelha para apanhar meus livros. Karen não tem nem um metro e meio de altura, é loira com cabelo chanel, e tem sardas — o tipo de menina bonitinha que dificilmente se poderia imaginar que seja uma vaca, ao contrário das outras líderes de torcida dessa escola. Mesmo assim, tenho certeza de que ela não falaria comigo se não fôssemos parceiras na aula de laboratório de biologia.

Ela me entrega meu livro-texto.

— Tá animada? — pergunta, enquanto andamos para a aula e tomamos nossos lugares nos banquinhos altos de madeira desgastados em frente à nossa mesa de laboratório. — O grande experimento é hoje.

Reviro os olhos. A semana inteira nosso professor de biologia, o sr. Baer, não parou de falar sobre o nosso "experimento", como se fosse um grande evento. Na verdade a gente só vai passar cotonetes nas bancadas e nas lixeiras para ver se conseguimos coletar germes e depois cultivá-los numa placa de Petri.

— Ah, e como. Estou animadíssima.

Karen ri.

— Onde você acha que vamos encontrar mais germes? — pergunta. Estreita os olhos para olhar ao redor, depois fixa o olhar no sr. Baer. — Que tal o espaço entre os dentes do sr. Baer?

— Eca! Mas acho que você deve ter razão. O bafo de café dele é tão ruim que seria capaz de aniquilar uma cidade inteira.

Lila gira no banquinho e apoia as costas na mesa de laboratório que está bem na nossa frente. Karen reprime o resto da sua risada.

— Qual o motivo da risada, hein, Sebenta? — pergunta Lila. Lila está no último ano do ensino médio, é líder de torcida e tão distante do círculo de amizades, que a única vez em que eu a vejo fora da sala de aula é quando ela está no topo de uma pirâmide humana nos jogos.

Sinto o rosto arder e abaixo a cabeça, deixando meu cabelo cobrir meu rosto vermelho. Ganhei o apelido de Sebenta uns dois meses atrás, quando uma das líderes de torcida do segundo ano da minha aula de inglês disse que parecia que eu nunca lavava o cabelo. Eu lavo o cabelo todos os dias, mas minha mãe andava com uma mania de só comprar coisas naturais e começou a comprar um xampu de abacate que faz meu cabelo ficar pesado e brilhante.

— Cuidado, Karen — diz a parceira de laboratório de Lila, Erin, sem se virar no seu banquinho. Ela coloca suas perfeitas ondas castanhas atrás de uma das orelhas. — Se você chegar muito perto da Sebenta vai acabar pegando o que ela tem.

— Pode deixar — diz Karen, mas quando Lila se vira de novo, ela olha para mim. — Deixa elas pra lá — sussurra. Ela diz aquilo bem baixinho e olha com o canto do olho para Erin e Lila, obviamente torcendo para elas não ouvirem.

— Sof? Sofia, você está ouvindo?

Abro os olhos. Riley, Alexis e Grace estão me encarando. Meu rosto fica vermelho de vergonha e pisco os olhos, tentando me lembrar da última coisa que Alexis disse.

— E aí? — pergunta Grace. — O que foi que você viu?

Mordo meu lábio inferior, com a lembrança ainda viva em minha cabeça.

Riley me olha sem entender.

— Tá tudo bem, Sof? — pergunta. — Você viu mesmo alguma coisa?

— Vi — respondo. Então apanho uma pipoca caída no chão e a atiro em Grace. — Vi Tom. Ele disse pra você mesma passar seu protetor solar.

Alexis urra de tanto rir. Riley apanha o pote de Nutella da mão dela e lambe as costas da colher. Ela me pega olhando-a e pisca um olho para mim.

— Parece que Sofia é melhor do que imaginávamos.

CAPÍTULO CINCO

— E aí, o que acharam da *Divina comédia*? — perguntou a srta. Carey na nossa aula de literatura inglesa no dia seguinte. Olho para o meu caderno enquanto faço desenhinhos nas margens. Odeio os debates nas aulas, e o fato de estar cansada e com um pouco de ressaca por causa da noite passada não ajuda. É como se alguém estivesse me obrigando a fechar os olhos; preciso fazer esforço para mantê-los abertos.

— Esse livro não é sobre Satã? — pergunta uma loira com quem nunca conversei. — A gente deveria estar lendo sobre Satã na escola?

Eu aprofundo com a caneta as linhas familiares da cauda de penas de Quetzalcoatl. Isso parece algo que Riley diria. A srta. Carey assente.

— Boa pergunta, Angela. Alguém aqui poderia me dizer por que estamos lendo *A Divina comédia* na escola?

Ninguém responde. A srta. Carey tamborila o mocassim de couro no piso.

— Vamos, pessoal, não existe resposta errada aqui. O que vocês acham? Por que estamos lendo justamente este livro?

— Porque a escola é um inferno.

Paro de desenhar e olho por cima do ombro. Brooklyn está sentada no canto dos fundos, ao lado das janelas. Em geral ela passa a aula inteira olhando para a carteira, mas hoje está olhando desafiadoramente para a srta. Carey. Estica entre dois dedos a corrente pendurada em seu pescoço, e o anel de ouro balança de um lado para o outro, como um pêndulo.

— Se a gente precisa viver no inferno, melhor ler sobre ele — acrescenta.

— Bom, essa explicação foi mais gráfica do que eu gostaria — diz a srta. Carey, enquanto os alunos em torno dão risadinhas. Paro de desenhar e minha caneta mancha a página do meu caderno de tinta.

Na fila dos fundos, Brooklyn dá um piparote em sua brochura da *Divina comédia* com um dos dedos, fazendo-a cair da sua carteira para o chão. Balanço a cabeça, meio impressionada. Ela realmente não está nem aí para o que os outros pensam. Deve ser legal ser assim.

Antes que a srta. Carey possa fazer algum comentário, o sinal toca e os alunos começam a reunir suas coisas. Brooklyn rodeia as cadeiras e carteiras e passa por mim sem dizer uma palavra.

Tomo uma decisão rápida: enfio o caderno na mochila e vou atrás dela, enquanto ela caminha pelo corredor. Riley não falou mais sobre a ideia da espionagem e tenho certeza de que a essa altura todo mundo já se esqueceu do assunto.

Mas não paro de pensar em Brooklyn – quero saber se ela realmente pratica sessões espíritas e mutila animais ou se tudo isso não passa de boato. E minha grande questão é: se ela um dia foi mesmo amiga de Riley, por que jogou essa amizade no lixo?

– Oi – digo. Quando Brooklyn não se vira, corro ao seu lado. – Foi engraçado ali na sala, o que você disse sobre a escola ser um inferno.

– Foi, é? – Brooklyn remexe dentro da mochila e retira um maço de cigarros. A caixa está completamente coberta de desenhinhos feitos com marcador preto, de modo que é impossível enxergar o nome da marca. Brooklyn retira um cigarro e o coloca na boca, apagado. Ainda não saímos da escola.

– Você vai fazer alguma coisa agora? – Minha tentativa ridícula de parecer à vontade me faz estremecer de vergonha. Brooklyn para no meio do corredor, obrigando as pessoas que estão atrás a se desviar.

– Você não é da panela da Riley?

– Como assim? O que você quer dizer?

– Quero dizer que ela laçou você. – Brooklyn brinca com o anel dourado da sua corrente, colocando-o e tirando-o de um dos dedos. – Riley gosta das novatas. Ela considera seu dever "travar amizade com os que não têm amigos".

– Não dá para eu andar com vocês duas? – pergunto.

Brooklyn encolhe os ombros e começa a andar de novo.

– Faça o que quiser.

Não é exatamente um convite, mas mesmo assim eu a sigo, atravessando as portas da escola e indo até o bicicletário.

— Qual é a desse anel? — pergunto, indicando sua corrente. Brooklyn sorri.

— Uma lembrancinha de um dos meus amantes. — Ela ergue o anel em direção à luz do sol para que eu possa ver a gravação em seu interior: CARLTON & JULIANNA 1979.

Torço o nariz.

— Caramba, que doente — comento. Brooklyn apenas ri.

Antes de alcançarmos o bicicletário, já vejo qual é a bicicleta dela — é a vintage dos anos 1980 com guidão curvado na direção do selim. Brooklyn a pintou de rosa-shocking com pontos pretos, de modo que a bicicleta ficou parecendo uma melancia, e o guidão e o selim foram forrados com fita verde descascada.

Fico parada ao lado dela, sem saber o que fazer, enquanto ela destrava o cadeado, passa a corrente pelo braço e depois começa a empurrar a bicicleta.

— Tenho um compromisso — avisa Brooklyn. O cigarro, ainda apagado, pende de seus lábios. — Pode vir junto, se quiser.

Hesito, mas a curiosidade me vence.

— Claro.

Coloco a mochila sobre o ombro e sigo atrás dela enquanto ela empurra a bicicleta pelo estacionamento até a calçada, na direção oposta àquela onde fica a minha casa. Quando ela se distrai, tiro o meu celular para ver que horas são. Vovó vai ficar bem se eu chegar meia hora atrasada.

Brooklyn me conduz até o centro da cidade por uma antiga estrada que fica mais além da rua principal. Passamos por um bar e um beco que leva até um estacionamento vazio. Brooklyn para na frente de um pequenino estúdio de tatuagem e começa a travar a bicicleta.

— Seu compromisso é aqui? — Olho através das janelas sujas, tentando enxergar o que tem ali dentro. Consigo identificar as formas vagas de um balcão e cadeiras de plástico.

— Bom, "compromisso" talvez seja um jeito exagerado de dizer as coisas. — Brooklyn tira da boca o cigarro que não chegou a fumar e o enfia atrás da orelha. Depois empurra com o corpo a porta do estúdio de tatuagem para entrar. Ali dentro cheira à fumaça e a alguma espécie de desinfetante com cheiro de limão. Brooklyn vai até o balcão e desliza os cotovelos sobre o linóleo surrado.

— Ollie! Você tá aí? — grita. Inclina-se sobre o balcão, como se quisesse ver o que está nos fundos. Olho em torno. As paredes estão cobertas de ilustrações feitas à mão de tatuagens de rosas e caveiras, com fotos de mulheres nuas da *Playboy* coladas com fita adesiva entre elas. Classudo.

— Oi, garota nova!

A voz vem de trás de mim e eu dou um pulo, quase tropeçando nos meus próprios pés ao me virar. Charlie está sentado de pernas cruzadas no sofá de plástico rachado, com um livro-texto apoiado sobre os joelhos. Com sua camisa polo amassada e sua calça jeans, ele parece tão deslocado naquele lugar quanto eu.

— Na verdade o nome é Sofia. — Um rubor sobe pelo meu pescoço. — O que você está fazendo aqui?

— Dever de casa. — Ele indica o livro em seu colo e sorri. Uma covinha aparece em sua bochecha, e por um segundo não consigo tirar os olhos dele. Ele olha pra trás de mim.

— Oi, Brooklyn — cumprimenta, com um aceno de cabeça.
— Charlie-boy — diz Brooklyn. — Teu irmão tá por aí?
— Sim. Mas não acho que ele vai ficar feliz de te ver. Ele tem um cliente às quatro.
— Veremos. — Brooklyn se apoia nos braços e pula o balcão.
— Ei. — Charlie empurra o livro para um lado e se levanta, enquanto Brooklyn sai andando, já do outro lado do balcão. — Sabia que a gente tem uma porta?
— Portas são pros fracos. — Brooklyn mostra a língua e desaparece nos fundos do estúdio. Hesito, sem saber se devo ir atrás dela ou não.
— Aqui. — Charlie destrava o portãozinho embutido no balcão e o abre para mim. — Tá vendo? Não somos todos assim.
— Valeu — digo. Dou um último sorriso tímido para ele e vou atrás de Brooklyn nos fundos do estúdio.

O estúdio de tatuagem é mais limpo do que eu esperava. O piso de linóleo verde e branco está descascando, mas parece ter sido limpo recentemente. Todo o lugar tem um clima relaxado e surrado que, na verdade, é até meio aconchegante. Como a mesa onde você sempre se senta no seu restaurante decrépito favorito.

Há cadeiras de plástico vermelhas espalhadas em torno, todas cobertas de fita adesiva, com bandejas de metal ao lado. Brooklyn está apoiada em uma dessas cadeiras conversando com uma versão mais velha de Charlie — um cara alto e magro, de olhos escuros. Uma tatuagem de uma rosa com espinhos estende-se pelo seu pescoço, e três piercings grossos de metal se projetam de cada uma de suas orelhas como pregos.

— Ah, dá um tempo, Ollie — Brooklyn está argumentando quando me aproximo. Ollie balança a cabeça.

— Olha, não tenho tempo pra isso hoje.

Brooklyn puxa uma tira de fita adesiva da cadeira.

— Santos não veio hoje. Você podia me deixar usar o equipamento dele. Eu acho que eu conseguiria dar conta sozinha.

— Tá brincando? Você tem dezesseis anos.

Brooklyn sorri, um sorriso tão largo que eu poderia contar todos os seus dentes se eu quisesse.

— Isso nunca te impediu antes.

O sininho sobre a porta da entrada toca. Olho por cima do ombro enquanto uma garota com saia jeans e botas Uggs entra, o cabelo preso num rabo de cavalo alto. Lá na frente, Charlie lhe diz que Ollie já vem em um minuto.

Ollie agora analisa Brooklyn com atenção, como se estivesse tentando decidir se ela vai causar mais problemas lá na frente com sua cliente ou aqui nos fundos com as agulhas dele. Chega à mesma conclusão que eu.

— Espere um pouquinho aqui — diz ele. — Vou tentar um encaixe pra você mais tarde.

Brooklyn cruza as mãos sobre o peito e bate os cílios depressa.

— Meu herói.

Ollie solta um resmungo e sai até a recepção, enquanto Brooklyn se encosta numa cadeira semiescondida por uma cortina à esquerda. Dúzias de adesivos idênticos onde se lê SANTOS AND THE RAISONETTES recobrem a tal cadeira.

— É a banda do Santos — diz Brooklyn, indicando os adesivos com a cabeça. — Me fala se esse não é o pior nome de banda que você já ouviu na vida!

— Como você conhece essa galera? — pergunto, sentando na cadeira. Brooklyn apanha uma banqueta e a empurra para meu lado.

— Eu trabalhava aqui — diz ela. — Tinha arrumado uma carteira de identidade falsificada e Ollie me deixou ser aprendiz dele. Até que Charlie me entregou e contou que eu só tenho dezesseis anos.

— Você já tatuou os outros?

— Não, eu fazia mais piercings. Tá vendo esse aqui? — Brooklyn afasta o cabelo e me mostra um alfinete gigantesco que atravessa sua orelha da cartilagem ao lóbulo. — Fiz sozinha — conta, orgulhosamente. — Você tem algum piercing? — Faço que não. Brooklyn fica boquiaberta. — Nem nas orelhas?

— Minha mãe não gosta de piercings — digo.

— E você... o quê? Simplesmente deixa sua mãe tomar esse tipo de decisão por você?

— Que tatuagem você vai fazer? — pergunto, para mudar de assunto.

— Inda não sei — responde Brooklyn. — Tava pensando naquela cobra que você fez na sua mão há uns dois dias. Era demais.

— Quetzalcoatl?

— É esse o nome? — pergunta Brooklyn. — Acha que você poderia fazer um desenho dela para o Ollie?

— Claro. Se você quiser... — Eu me sinto lisonjeada, e meus dedos começam a coçar de vontade de encontrar uma caneta. Brooklyn me olha desconfiada.

— Sabe de uma coisa, você ficaria sensacional com um anel na sobrancelha.

— Você acha? — Quase inconscientemente, levo o dedo à sobrancelha. Então, pensando na reação da minha mãe, afasto a ideia. Houve uma época em que eu teria encarado algo assim só para enfrentar minha mãe, mas hoje não vale a pena, não agora quando as coisas entre a gente andam tão bem.

— É por causa das suas amiguinhas? — zomba Brooklyn, olhando para a bandeja ao lado dela. Está coberta de agulhas, pequeninas argolas, pomadas e, inexplicavelmente, uma vela aromática com cheiro de melão e pepino da Bath & Body Works. — Aposto que elas acham um *pecado* fazer piercings. Cara, não sei como você aguenta aquela turma de gente mais santa que Deus.

— Achei que vocês tinham sido amigas um dia — digo. Brooklyn apanha uma seringa da mesinha de metal e a segura entre os dedos.

— Vocês andaram falando de mim? — pergunta ela. Tiro os olhos da agulha. É grossa; mais grossa do que eu imaginava.

— Elas só disseram que antes você andava com elas, mas que depois você mudou.

Brooklyn encolhe os ombros, revirando a agulha entre os dedos.

— Digamos apenas que depois de muitos anos adorando o altar de Riley, resolvi que eu queria me divertir um pouco. — As luzes fluorescentes zumbem no teto, lançando um brilho amarelado oscilante na superfície da agulha. — Agora, seja sincera, Sofia. Você realmente tá a fim de passar todo o ensino médio rezando? Porque você parece alguém que sabe como se divertir.

Penso nas minhas amigas góticas mostrando as carteiras de identidade falsas para o segurança do Club Trash, ou no meu último namorado — se é que dá para chamá-lo assim —, que estava mais interessado no próprio pau do que em mim. Na noite passada, com Riley, Grace e Alexis, eu finalmente me senti parte de alguma coisa.

Apesar disso, também me sinto à vontade ali com Brooklyn. O piso de linóleo coberto com fita adesiva e o iPod tocando rock alternativo num canto me fazem lembrar de dúzias e mais dúzias de noites em porões enfumaçados. Levanto os olhos e olho para Brooklyn, e uma onda de adrenalina atravessa meu corpo, como se um calor se desenrolasse por baixo da minha pele. Imagino, sem querer, Brooklyn enfiando aquela agulha na minha sobrancelha, a dor aguda da agulha rasgando minha pele.

— Vamos lá — incita ela, tocando a minha sobrancelha com a agulha. — Eu te desafio.

— Não. — Balanço a cabeça. — Não dá mesmo.

— Não precisa ser pra sempre — diz Brooklyn. — Você pode tirar a argola quando quiser, e sua mãe nem vai saber que você fez esse piercing.

Olho para as argolas, imaginando como seria descolado ter um piercing secreto, enganar minha mãe bem debaixo do seu nariz. Eu poderia inclusive escondê-lo de Riley e das outras, se quisesse. Começo a sorrir.

— Jesus. — Brooklyn salta para a banqueta, depois segura o assento com a mão em concha, como se estivesse se obrigando a se controlar. — Você *precisa* fazer esse piercing.

Rio, e a voz dela ecoa na minha cabeça. *Eu te desafio.* Inclino o corpo para a frente, e a sensação de êxtase causada pela adrenalina aumenta dentro do meu peito. Não quero que acabe.

— Beleza. Pode colocar — digo.

Brooklyn dá um sorriso, aquele mesmo sorriso voraz que mostra todos os seus dentes. Ela pousa a agulha na bandeja e apanha um cotonete e um frasquinho sem etiqueta de identificação.

— Sobrancelha, né? — pergunta, espirrando um líquido transparente no cotonete. Assinto, e ela se inclina para a frente e passa o cotonete no meu rosto. — Isso é só um antisséptico. Pra você não arrumar uma infecção.

— Tá bom — digo. Brooklyn atira o cotonete para o lado e apanha a agulha de novo.

— Fique parada, senão vai ficar torto.

Respiro fundo e seguro a respiração, cravando os dentes no meu lábio inferior. Brooklyn se aproxima de mim e eu olho para os olhos dela, para não encarar a agulha. Seus olhos são castanho-escuros, quase negros. Mal consigo ver a linha de sua pupila.

Juro que sinto a agulha um segundo antes de Brooklyn deslizá-la através da minha pele. Não é nada como a dor aguda e repentina que imaginei: essa é uma dor lenta. A náusea toma conta do meu estômago e sou obrigada a fechar os olhos para não ficar tonta.

— *Merda* — solto baixinho, junto com a minha respiração, que sai de uma só vez. Ouço um *pop* e sinto a agulha saindo pelo outro lado da minha sobrancelha.

Aperto com força o braço da cadeira e me obrigo a respirar enquanto a sala ao meu redor gira. Sinto um calor estranho. Está tão quente que começo a suar, e agora o chão sobe e desce embaixo de mim. Pisco e é como se eu estivesse olhando por uma lente olho de peixe. Brooklyn está perto de mim, mas tudo em volta dela está distorcido e distante.

— Tá tudo bem? — A testa de Brooklyn se franze com preocupação. Olho para os meus joelhos, tentando me concentrar na minha respiração.

Quando olho para ela novamente, Brooklyn está sentada de pernas abertas na banqueta e estamos tão próximas que nossos joelhos se tocam. Ela segura a agulha à sua frente, e meu sangue escorre pela lateral do meu rosto. A luz do teto tremula e se reflete nos olhos negros de Brooklyn e na gota vermelha do meu sangue.

— Sofia — diz ela e desliza a agulha para sua boca, manchando os lábios de sangue vermelho. — Agora você renasceu — continua Brooklyn, mas sua voz está distorcida, como se eu estivesse escutando embaixo d'água. A luz volta a tremular e tudo fica preto.

❖ ❖ ❖

Depois disso só me lembro de um peso sobre as minhas pálpebras. Minha garganta está seca e dolorida — tento falar, mas o som que sai da minha boca é estrangulado, como um grito contido. Forço meus olhos a se abrirem, e a luz se quebra, como se explodisse na minha frente, me obrigando a fechar os olhos.

— Oi, Bela Adormecida. Como está se sentindo?

— Brooklyn? — Pisco os olhos e, aos poucos, minha visão clareia. Não estou mais na cadeira do estúdio de tatuagem. Estou deitada em alguma espécie de escritório, e Brooklyn está sentada numa mesa, na minha frente. Ela enrolou as mangas da sua camisa, expondo um curativo no ombro. Ela tira o cigarro da boca e solta uma baforada de fumaça que se enovela ao redor dela.

— Você desmaiou — explica. — Meu primo é assim também; desmaia com um cortezinho de papel. Charlie e Ollie tiraram você da sala pra não assustar os outros clientes.

— Charlie me tirou de lá? — pergunto, sentindo uma pontada imediata de vergonha. Brooklyn faz que sim. Não existe sangue nenhum na boca dela. Nenhum brilho esquisito em seus olhos negros, nenhum sorriso maníaco. Foi tudo um sonho. Ou alucinação, talvez.

— Que horas são?

Brooklyn tira um celular do bolso e olha para a tela.

— Seis e quinze.

— Bosta. — Eu me sento, tentando ignorar a dor de cabeça que lateja em minhas têmporas. A porta do escritório se abre e Charlie entra, trazendo uma garrafa de água. Apanho minha mochila e me levanto. O escritório gira, e eu me seguro na mesa para me equilibrar.

— Tá se sentindo melhor? — pergunta ele, sorrindo. A sensação de que tudo está girando aumenta no mesmo instante.

— Cadê o isqueiro? — pergunta Brooklyn, tirando o cigarro da boca.

— Só preciso ir pra casa. Valeu pelo... — Mostro a sobrancelha, depois me desvio de Charlie e saio do escritório, com o rosto ardendo de vergonha.

Assim que saio do estúdio, começo a correr. Minha mochila está afundada dolorosamente no meu ombro e bate no meu quadril à medida que corro. Se minha mãe chegar em casa antes de mim e descobrir que deixei vovó sozinha, estou ferrada. Tento fazer as contas na cabeça: levo mais ou menos cinco minutos da escola para casa e Brooklyn e eu caminhamos uns dez minutos para chegar no estúdio de tatuagem. Hoje a aula da minha mãe termina às seis e meia, e ela deve chegar em casa umas seis e quarenta e cinco. Se eu não me perder no caminho, devo chegar a tempo.

Meu peito arde, e minha respiração sai em jatos entrecortados. Mal noto os edifícios e as casas enquanto passo correndo por eles, refazendo as contas na minha cabeça, sem parar. Estou quase lá. Tá tudo bem. Tá tudo bem.

Atravesso correndo o jardim da nossa casa e enfio a chave na fechadura, olhando para o relógio do corredor quando entro: 6h40. Fecho os olhos, recosto na porta, respiro. Consegui.

Chuto os sapatos para o lado e desço o corredor. Entro no banheiro que fica em frente ao quarto de vovó. A porta do quarto dela está aberta, e a luz avermelhada do abajur se derrama pelo corredor. Ouço o som da respiração chiada dela e das contas do rosário batendo na mesa quando passo em frente à porta.

— Tá tudo bem com a senhora, *Abuela*? — grito para ela enquanto tiro a mochila e a apoio sobre a tampa da privada. Depois me olho no espelho sobre a pia.

A pequenina argola dourada circunda a parte mais estreita da minha sobrancelha, parecendo alienígena e errada na minha pele morena. Eu me inclino para tocá-la, estremecendo de dor quando meu dedo roça o hematoma arroxeado que se espalha pela minha pele.

Olho por cima do ombro para o quarto de vovó. Ela está sentada na cama, seus olhos escuros fixados em mim do interior das sombras de seu quarto avermelhado. Seus lábios murmuram preces silenciosas enquanto ela conta as contas do rosário.

Minha respiração é curta, acelerada. Eu me viro, seguro a pia gelada de porcelana e tento me acalmar. Meu reflexo me olha de volta, a argolinha dourada cintila acima do meu olho direito.

O carro de minha mãe sobe a trilha da entrada da casa e então o motor para. No silêncio que se segue, juro que consigo ouvir as batidas do meu coração. Sem pensar, eu me inclino para perto do espelho, tão perto que poderia contar quantos cílios tenho na pálpebra. Seguro a argolinha dourada com firmeza entre dois dedos e desatarraxo a bolinha, retirando-a. Depois balanço a argolinha para a frente e para trás, ignorando a dor lancinante enquanto eu a retiro da minha pele. O sangue borbulha embaixo dos meus dedos.

Vovó me observa do seu quarto. A porta da entrada se abre e se fecha. Passos ecoam no hall de entrada.

— Sofia?

Deixo a argolinha dourada cair por entre meus dedos e ela bate com um tinido na pia, caindo a um centímetro do ralo. Abro a torneira e a argolinha se espirala ralo abaixo num rodamoinho rosado, sanguinolento. Só depois que ela se vai é que me permito respirar de novo.

— Tô no banheiro, mãe! — grito. Lavo as mãos e me olho novamente no espelho. O sangue ainda escorre do furo em minha sobrancelha. Minha testa e minha bochecha também se mancharam de sangue, meus cílios. Corto uma tira de papel higiênico e a amasso em uma bola, depois pressiono em meu rosto.

Sob meus dedos, o sangue desabrocha como uma flor. Em questão de segundos, todo o papel fica manchado de vermelho.

CAPÍTULO SEIS

— Ainda não entendo por que está sangrando tanto. — Mamãe embrulha em papel-alumínio o frango que acabamos de jantar enquanto eu encho a pia de água ensaboada e começo a lavar a louça. Dou de ombros, olhando fixo para um pano de prato ao lado da pia. É vermelho e branco, com a imagem de um galo.

— Ah, era uma espinha gigante — digo. Eu limpei o sangue do meu rosto e cobri o furo do piercing com um bandeide antes que minha mãe pudesse vê-lo, mas tive de trocar duas vezes o curativo desde que ela chegou. E o novo já está vermelho de sangue.

Mamãe guarda o frango na geladeira e franze a testa ao fechar a porta. O telefone da casa toca, e mamãe se inclina por sobre a bancada para atender.

— Residência dos Flores — diz ela. Uma vozinha ecoa do outro lado da linha, e mamãe sorri. — Um momento. É sua amiga Riley — diz ela, passando o fone para mim. — Ela disse que está com uma dúvida sobre o dever de casa. Não demore muito ao telefone, está bem?

Saio com o telefone sem fio pela porta dos fundos e me sento enrodilhada na cadeira de madeira do nosso pátio. O quintal da nossa casa se estende infinitamente, sem nenhum poste ou casa próxima para interrompê-lo. É irritante, como estar murada em dois lados mas ter um espaço aberto à frente. Insetos zumbem sem parar, como se fosse um ruído branco. Enrodilho as pernas embaixo do meu corpo.

— Riley? — digo para o fone.

— Sof? Vi você com a Brooklyn! — Meu estômago se revira, mas Riley continua falando, antes mesmo de eu ter tempo de recear se ela mudou de ideia quanto ao lance da espionagem. — Por que não me disse nada? O que você descobriu?

— Nada, na verdade. Ela me levou para um estúdio de tatuagem. — Corro um dedo pela borda do bandeide em minha testa, mas decido não relatar os detalhes do piercing que eu fiz.

— Só isso? — Riley parece frustrada. Abaixo a mão e fico quieta por um instante, tentando descobrir o que quero dizer.

— O que você esperava que eu descobrisse? — Minha voz sai mais dura do que eu queria, mas não peço desculpas por isso. Riley disse que estava tentando ajudar Brooklyn, mas pelo visto parece que só queria vê-la se ferrar.

— Ela esfolou um gato e o largou na frente da nossa escola. — A voz de Riley é dura. — Ou será que você já se esqueceu?

Aperto os lábios com força para não discutir. Riley *acha* que Brooklyn esfolou aquele gato. Tatuagens e cigarros não estão no mesmo nível de mutilação de animais.

Riley pigarreia.

— Tá tudo bem, Sof? Ela não te machucou, né? Nem te manipulou de alguma maneira? — A preocupação na voz de Riley é genuína, e de repente me sinto terrível. *Riley* é que tem sido uma amiga de verdade desde que cheguei aqui, e não Brooklyn. Suspiro e balanço a cabeça, puxando uma pele solta perto da minha unha.

— Não, nada disso. Ela foi... — *Legal*. A palavra vem na minha cabeça sem eu querer. — Ela foi estranha — digo em vez disso.

Quando a palavra escapa da minha boca percebo que também é verdade, Brooklyn foi bacana, mas eu entendo o que Riley quer dizer: alguma coisa nela é esquisita. Lembro de seus dedos esguios sobre as agulhas de Santos, seu sorriso voraz, como ela me convenceu tão facilmente a fazer um piercing. Ela fez a coisa parecer fácil demais para ser ruim.

— Talvez eu descubra algo melhor amanhã — murmuro. Silêncio por um instante. Pigarreio. — Como estão as coisas entre você e Josh?

— Ah, você não ficou sabendo? Já fizemos as pazes — diz Riley. — Ele mandou entregar flores na minha terceira aula. Rosas.

— Uau. Demais.

— Escuta — diz Riley, antes que eu possa continuar. — Só queria pedir desculpas se te deixei pouco à vontade pedindo para você andar com a Brooklyn.

— Riley, você não fez nada — insisto. — Sério.

— É que eu acho que ela precisa de ajuda. Tenho a impressão de que ela está na beira de um penhasco, prestes a pular. E que pode cair, se a gente não fizer nada.

Passo o dedo pela minha cutícula em círculos lentos. Tento imaginar Brooklyn na beira de um penhasco, seus coturnos fazendo pedregulhos caírem lá embaixo, mas a imagem não se encaixa com a garota com quem passei esta tarde. Brooklyn estava se divertindo, não pedindo ajuda.

— Você realmente acha que a coisa está nesse nível?

— Acho. De verdade. Ela falou que vai dar uma festa amanhã?

— Não.

— Bom. Ouvi uns caras falando sobre isso na escola, hoje. Dizem que vai ser uma noite daquelas. Você devia ir.

Passo a língua pelos meus lábios, que agora estão ressecados por causa do frio que começou a se arrastar pelo nosso jardim. A última festa em que fui era numa casa no meio da floresta, ao lado da ferrovia que atravessava a cidade. Um bando de jogadores de futebol americano ficava guardando a porta da entrada e gritava uma nota para cada garota que chegava, e, cada vez que um trem passava, a casa inteira chacoalhava e todo mundo virava um copo de bebida de uma só vez.

Quando não respondo imediatamente, Riley começa a implorar:

— Ah, vamos, Sofia! Não foi por acaso que eu escolhi você. Algumas pessoas têm maldade dentro de si, mas é para *isso* que serve Deus, para salvá-las quando elas não conseguem se salvar sozinhas. Ainda está em tempo de salvar Brooklyn.

Os insetos no quintal caíram em silêncio, mas o vento corre pela grama e bate nas janelas. Eu estremeço e abraço meu peito. Minha avó costumava rezar pelas pessoas do bairro quando achava que precisavam de coragem. Isso não é diferente, acho. Riley é só um pouquinho mais ativa em relação à sua fé. Provavelmente vovó gostaria dela.

— Sof? Você tá aí ainda?

— Sim — respondo. — Eu vou. Prometo.

◆ ◆ ◆

Estremeço no caminho até a festa de Brooklyn na noite seguinte. Uma coruja pia numa árvore próxima. Eu puxo meu moletom mais para perto de meus ombros e abaixo o rosto. O vento corre através dos galhos das árvores, fazendo-os chacoalharem como ossos. Um homem com barriga caída e rosto com cicatrizes de catapora pisca para mim.

— E aí, belezinha? — murmura ele. Seu hálito cheira a uísque e carne seca. Passo apressada por ele enquanto ele segue cambaleando em direção a um bar mal-iluminado.

Brooklyn mora no térreo de um conjunto barato de apartamentos que foi projetado para parecer um motel. As portas de todos os apartamentos dão de frente para um corredor a céu aberto protegido apenas por um *guardrail* chinfrim de alumínio pintado. Logo depois dos limites do conjunto, dá para ver a estrada que leva até o estúdio de tatuagem.

Um barulho parecido com o de um tiro ecoa pelo beco escuro que fica ao lado da rua de Brooklyn. Congelo, cada músculo do meu corpo se tensiona, me dizendo para correr. Então ouço o motor de um carro cuspindo, e um velho Buick afasta-se do meio-fio. Não era tiro; era o escapamento de um carro. Respiro fundo e continuo andando. Quanto antes eu chegar na casa de Brooklyn, melhor.

Mesmo que ela não tivesse me passado o endereço na aula de literatura inglesa, eu não teria dificuldades para encontrar sua festa. A música está tão alta que vibra pelo estacionamento, e a porta do apartamento de Brooklyn está escancarada. Garotas de microssaia e caras tatuados com piercings estão recostados na parede, bebendo em copos de plástico vermelho e fumando cigarros que têm cheiro de agulhas de pinheiro. A tinta verde da parede formou bolhas nos locais onde eles apagaram as guimbas. Ou toda essa gente tem mais de 21 ou esse não é o tipo de bairro que chama a polícia quando vê menores de idade bebendo.

— E aí, menininha! — grita alguém, me assustando. Eu me viro justamente quando um careca grandalhão se aproxima de mim. Ele é muito mais alto que eu e deve pesar no mínimo uns cem quilos. Está todo vestido de preto e seu rosto e sua cabeça careca foram inteiramente cobertos por uma tatuagem preta e branca de crânio, dando a impressão de que ele não tem pele.

Começo a me virar para ir embora, torcendo para que não seja comigo, mas ele agarra meu braço.

— Não faz assim. Tô falando com você — diz ele. Linhas negras profundas sombreiam seus olhos, e seus lábios estão cobertos com tatuagens de dentes. — Quero te fazer uma pergunta.

— Manda — respondo, fazendo um esforço para manter o tom calmo. Os lábios do homem se abrem, mas não sei se ele está sorrindo ou fazendo uma careta.

— Eu e uns amigos estamos fazendo uma pesquisa. — Ele indica um grupinho que está perto da porta. Embora todo mundo tenha piercings e tatuagens, perto do Cara do Crânio parecem mais os membros de uma igreja. — Se você pudesse escolher, preferiria morrer espancada com uma pá ou que devorassem seu rosto?

Engulo em seco, tentando não demonstrar meu nervosismo. Esse cara pode ser assustador, mas só está querendo ver qual vai ser minha reação. É tudo parte do seu joguinho.

— Prefiro o rosto — digo, olhando nos olhos dele. — Ia querer encarar meu assassino.

Dessa vez tenho certeza de que o Cara do Crânio sorri para mim. A tatuagens pretas e brancas das maçãs do seu rosto se esticam quando seus lábios se abrem.

— Firmeza — diz ele, dando um soquinho no meu punho.

Cumprimento de longe algumas pessoas ao entrar, tentando parecer à vontade. A música lateja em torno de mim, um *bum bum bum* contínuo. Lá dentro, tiro o capuz e olho ao redor. Está escuro e enfumaçado. Corpos espremem-se ao meu redor, tão perto uns dos outros que não dá para andar sem esbarrar no braço ou nas costas de alguém. O chão está pegajoso, tomado de latinhas vazias de cerveja.

Não acredito que eu estava com medo de que esta festa fosse parecida com a última a que fui. Isso aqui é outro mundo, completamente. Nunca ouvi esse tipo de música antes, e acho que ninguém que está aqui estuda na nossa escola. Uma garota com cabelo longo platinado e olhos vidrados passa um saquinho de pó para outra garota de jaqueta de couro e depois se afasta sem olhar para ela. Costuro por entre a multidão e vou até uma mesa cheia de bebidas e cervejas. Apanho uma latinha solitária de refrigerante genérico que está ao lado de uma caixa de cerveja PBR, só para ter alguma coisa na mão.

Uma voz ergue-se acima da música, assustando-me.

— Sofia!

Eu me viro e, através do mar de gente que me empurra, vejo Charlie acenando com as mãos por sobre a cabeça, como se estivesse fazendo sinais para um avião. Se eu fosse o personagem de um desenho animado, minha boca cairia no chão e pontos de exclamação disparariam de meus olhos — é como fico feliz em vê-lo ali, com uma camiseta surrada com um logo desbotado de algum time e um moletom cinza-escuro de zíper. Ele contorna um grupo de caras e anda até mim, depois diz alguma coisa que não consigo ouvir por causa do barulho. Eu dou um sorriso tão largo que os cantos da minha boca ameaçam se rasgar.

— O quê? — berro.

Ele sorri para mim também, e mesmo no escuro percebo a covinha em sua bochecha. Ele afasta o cabelo do meu pescoço e se inclina para perto de mim, o suficiente para sua respiração aquecer minha pele.

— Aqui tá muito barulhento — diz ele. — Vamos lá pra fora?

— Beleza.

Charlie segura minha mão e seguimos para os fundos do apartamento, passando por uma porta de vidro deslizante toda manchada de sujeira. Abro meu refrigerante enquanto Charlie empurra a porta, e saímos. O ar frio me cumprimenta; estremeço e quase fico feliz pela lata estar quente, apesar de o refrigerante ter um gosto horrível.

— Acho que você deve ser a única pessoa aqui que não tá tentando encher a cara até cair — diz Charlie, depois que deixamos a música retumbante para trás.

— Não sou muito de beber — digo. Charlie assente.

— Nem eu. — Ele sorri de novo para mim, e a covinha aparece em sua bochecha. Meu estômago dá um nó.

— Que bom que você veio. Não conheço mais ninguém. — Charlie olha em torno, para os caras espalhados nas cadeiras de jardim e à toa na frente da porta do apartamento. No começo também não reconheço ninguém, mas então vejo Tom, com um boné de beisebol. Ele se inclina para a frente, passando um cigarro para uma garota bonita com dreads escuros e óculos grossos. A garota ri com alguma coisa que ele diz e então se inclina para beijá-lo. Eu me encolho: Grace ficaria arrasada.

Charlie também o vê.

— Bom, conheço o Tom, acho. Mas ele está ocupado. Josh disse que viria, mas ainda não o vi por aí. E agora conheço você.

— Josh vem pra essa festa? — Eu não imaginava que fosse o estilo de Josh: ele parece tão playboy como a Riley. Charlie encolhe os ombros.

Olho em torno, para a grama em tufos e as espreguiçadeiras brancas encardidas. Mais além, vejo os contornos de um escorregador, um conjunto de balanços e o que imagino ser uma piscina rodeada por cercas de madeira altas. Apesar do frio, ouço barulho de risos e água espirrando.

Um sorriso se espalha pelo meu rosto. Puxo a manga de Charlie.

— Vem, tenho um plano.

— A gente vai nadar? — pergunta Charlie, quando começo a puxá-lo em direção à piscina.

— Tá fazendo uns dez graus aqui fora! — Puxo o moletom mais para perto dos ombros. — Além disso, não trouxe biquíni.

— E por que isso seria impedimento?

Solto um resmungo e puxo Charlie em direção ao escorregador. Os brinquedos daquele parquinho são de aço velho, do tipo que não se usa mais nos brinquedos dos parquinhos das escolas porque as pessoas têm medo de que as crianças terminem empaladas no metal afiado. Eu me aproximo hesitante do escorregador e testo a escada para saber se vai suportar meu peso.

— Tá falando sério? — pergunta Charlie.

Levanto a sobrancelha, num desafio.

— Você escolhe. Ou desce no escorregador comigo ou volta para aquela festa pra ficar com uma galera que nem se lembra mais do próprio nome.

Charlie aperta os lábios, fingindo pensar no assunto.

— Que galera, exatamente?

Apanho uma pedra e ameaço atirá-la nele, mas ele ergue as mãos, rendendo-se, dando risada.

— Brincadeirinha, brincadeirinha. — Ele sai correndo até o fim do escorregador e se agacha. — Beleza. Pode vir, eu te seguro.

— Não preciso que ninguém me segure! — protesto. Pouso a latinha no chão e subo a escada, equilibrando-me no alto do escorregador. Charlie sorri.

— Claro que precisa. — Ele segura as laterais do escorregador com as duas mãos e o balança, fazendo com que aquele treco inteiro chacoalhe. — Esse negócio é uma armadilha mortal.

Apesar do frio da noite, o metal está quente. Eu dou impulso e deslizo, e, quando ganho velocidade, solto um grito. Charlie segura meus ombros antes de eu cair na terra e me segura firme.

— Tá tudo bem? — pergunta ele, parecendo verdadeiramente preocupado. — Não acredito que deixam crianças descerem nesse negócio!

— Sua vez — digo, levantando-me.

Charlie sorri e sai correndo até a escada. O escorregador inteiro balança enquanto ele sobe; o metal range tanto que tenho certeza absoluta de que aquele brinquedo vai desmoronar.

— Merda — diz Charlie, quando se acomoda lá no alto. — Agora respeito você muito mais por ter ido primeiro.

— Bem, acontece que sou uma rebelde.

— Lá vai. — Charlie dá um impulso e desliza com força. Em algum momento atinge uma velocidade absurda e então deixa de deslizar, passa a voar, e eu não consigo sair da frente antes de ele cair em cima de mim. Nós dois rolamos para trás, caindo no chão de terra numa embolação de braços e pernas.

— Nossa, desculpa! — diz ele, apoiando-se em um dos cotovelos, mas não sai de cima de mim. — Quebrei você?

— Não. — Não mexo os braços, porque não confio que eles não vão agarrar o moletom dele e puxá-lo ainda mais para perto. Pigarreio. — Tá tudo... bem.

Charlie inclina a cabeça e eu me pergunto se consegue perceber o que estou pensando.

— Tô muito feliz de você estar aqui, Sofia — diz ele.

— Claro, eu consegui amortecer sua queda — digo. Ele continua em cima de mim, afasta um cacho da minha testa e balança a cabeça como se eu não tivesse entendido alguma coisa.

— Não é só por isso. Tô feliz de ver *você*.

Imediatamente a noite fica uns dez graus mais quente.

— Por quê?

— Tá brincando, né? — Os olhos de Charlie perdem o foco. Ele está prestes a me beijar. Inspiro, torcendo para que o refrigerante quente não tenha deixado um gosto horroroso na minha boca. Mas ele apenas corre o polegar pelo meu maxilar, indo da minha orelha ao meu queixo, como se estivesse memorizando meu rosto. — Eu gosto de você, tá bom? Você é diferente das outras meninas daqui. — Ele volta a se inclinar para baixo, fechando os olhos. Dessa vez hesita a dois centímetros de mim. — Tudo bem pra você? — pergunta.

— Sim. — Nem acabei de falar e ele já pressiona a boca contra a minha; no início hesitante, depois com mais fome, mais intensidade. Ele abre meus lábios com a língua e desliza os dedos pelo meu cabelo, puxando-me para perto, até não haver nem um único centímetro do seu corpo que não esteja pressionado contra o meu. Paro de pensar e simplesmente vou no embalo, deixando meus quadris e meu peito subirem e descerem com os dele. Uma de suas mãos está emaranhada em meu cabelo, e a outra puxa o cós do meu jeans. Ele desliza os dedos pelos meus cachos enquanto corre a mão pela minha pele, do pescoço à clavícula, fazendo meu corpo inteiro se arrepiar. Décadas se passam antes de Charlie se afastar de mim. Seu cabelo está espetado para todos os lados, e eu sinto vontade de tocá-lo de novo, de alisá-lo para trás. Todo o sangue da cabeça dele parece ter ido aos seus lábios, que estão vermelhíssimos e inchados por causa de nossos beijos.

Seu nariz roça o meu.

— Você tem gosto de menta — diz, com a boca quase colada na minha, inclinando-se para me beijar de novo.

As risadas vindas da piscina aumentam e se transformam numa gargalhada, depois silenciam-se completamente. Charlie hesita e afasta os lábios dos meus, relutante.

— O que você acha que eles estão fazendo? Vamos lá descobrir? — pergunto.

Charlie se levanta e depois se inclina para me dar a mão.

— Só se isso ajudar a te convencer de que biquíni é uma coisa opcional.

— Muito pouco provável — retruco, mas eu o sigo em direção à piscina mesmo assim. Na cerca há algumas falhas, cada uma mais ou menos com uns dois centímetros de largura. Eu olho por entre elas, mas não consigo ver nenhuma pessoa inteira, só vultos. Charlie se aproxima por trás de mim e me abraça pela cintura, depois começa a beijar meu pescoço.

— Achei que a gente tivesse vindo espionar — digo.

— Espiões fazem isso.

Logo em frente à cerca uma garota diz alguma coisa, mas o vento leva suas palavras. Eu me inclino mais para perto, pressionando o olho contra a maior abertura.

Brooklyn está de pé no alto da escada de plástico que leva a uma banheira aquecida, segurando um toco de cigarro entre dois dedos. Ela está vestida com uma calcinha de biquíni preta de cintura bem baixa e um top branco com um nó na frente. O top está molhado e colado em sua pele em alguns pontos, o que deixa claro que ela está sem sutiã.

— O que eles estão fazendo? — sussurra Charlie. Faço *sshh*, levando um dedo à minha boca. Tem um cara na banheira com ela, o cabelo castanho molhado e espetado para várias direções. A fumaça sobe da água em colunas finas, misturando-se à do toco de cigarro de Brooklyn.

— Já transou numa banheira aquecida? — pergunta Brooklyn, com um sorriso. Ela está com um batom vermelho escuro que mancha o cigarro. O garoto se levanta, a água escorre de sua cueca boxer azul-marinho desbotada. Ele segura Brooklyn e a roda no ar.

Imediatamente reconheço aqueles olhos castanho-claros, aquele queixo com covinha. Josh. O Josh de *Riley*.

Pressiono mais o rosto contra a cerca. Josh coloca Brooklyn no chão e a puxa para perto. Ela deixa cair o cigarro na água atrás de si, depois levanta o rosto para o dele. Eles trocam um beijo longo e profundo, e eu coro ainda mais.

Brooklyn olha para cima e seus olhos encontram o ponto exato na cerca onde eu os estou observando. Tenho a sensação de que alguém tocou um dedo gelado na minha lombar e o deslizou para cima pela minha coluna. Ela abraça o pescoço de Josh e o beija de novo, possessivamente; sua boca pintada de vermelho espreme-se contra os dentes dele enquanto ela o puxa mais para perto de si. Em nenhum momento ela tira os olhos da cerca. De mim.

É como um desafio. Eu me afasto da cerca e me viro para Charlie, sentindo como se eu estivesse sem ar.

— Sofia, qual o problema? — pergunta Charlie. Balanço a cabeça.

— Preciso ir — respondo.

◆ ◆ ◆

Vou até a casa de Riley, seguindo uma estrada sinuosa e comprida que termina na rua dela. Árvores retorcidas ladeiam as calçadas. As casas são recuadas, as janelas estão escuras. Galhos pendem para a frente, formando sombras esqueléticas nos jardins.

Um pássaro crocita mais acima, agitando os galhos de uma árvore ao levantar voo.

— Bosta — murmuro, tentando acalmar meu coração acelerado. Fiz o percurso correndo durante a maior parte do caminho; não porque quisesse chegar logo, mas porque não queria passar mais nem um segundo no bairro de Brooklyn. Na verdade, agora que cheguei, gostaria que o trajeto tivesse demorado mais.

Passo por mais algumas casas gigantescas antes de localizar a de Riley. Sua casa é uma minimansão. Um amplo alpendre branco engloba toda a frente da casa, e há colunas gregas em ambos os lados das portas duplas da entrada. Toco a campainha, e um *dim-dom* suave ecoa lá dentro.

Uma pequenina cobra-verde de jardim desliza pelo alpendre, o corpo ondulando sobre o concreto. Eu me encolho de medo e cruzo os braços. Um segundo depois ela desaparece atrás de um vaso de cerâmica pesado.

Passos ecoam dentro da casa e a porta se abre.

— Sofia? — Riley encosta o rosto na lateral da porta, observando-me. — Tá tudo bem com você?

— Desculpa, tentei te ligar. — Procuro recobrar o fôlego. — Posso entrar?

O canto da boca de Riley se estica para cima e seu rosto torna-se bem mais simpático.

— Claro. Quer tomar alguma coisa?

— Hum, pode ser.

Riley recua um passo e abre a porta, que dá para um hall de pé-direito alto e piso de mármore verdadeiro. Entro, momentaneamente distraída. Belas fotos de estúdio de Riley postada entre os pais cobrem as paredes, os três vestindo roupas elegantes e chiques. Olho aquilo boquiaberta, impressionada com a perfeição dos três, como se estivessem posando para um catálogo.

— Seus pais são bonitos. — Paro na frente de uma das fotos, que mostra a família de Riley toda de branco sentada num banco em frente à casa do lago. Apesar do que vi na casa de Brooklyn, eu me percebo com vontade de poder viver a vida de Riley por um ou dois dias, só para saber como é. Deve ser legal ter a família perfeita, a casa perfeita, os amigos perfeitos.

Riley vem ficar ao meu lado e olha as fotos sem piscar.

— Vem — diz ela.

Eu a sigo pelo corredor com carpete branco até uma cozinha enorme, com eletrodomésticos de aço escovado e armários de madeira de lei escura. O piso é de lajotas cinza, e a única luz no ambiente vem da janela sobre a pia, por onde o luar entra filtrado por cortinas finas. Riley faz um gesto para eu me sentar numa das banquetas altas diante da ilha no centro da cozinha.

— Algum problema? — Ela abre a geladeira e tira uma jarra de água. Vejo de relance que a maioria das prateleiras da geladeira está vazia. Pigarreio. Durante todo o caminho até ali tentei decidir o que eu diria, mas sempre que as palavras se formavam na minha cabeça eu era atingida por uma sensação repentina e intensa de culpa; como se eu é que tivesse ficado com Josh, e não Brooklyn.

Riley pousa a jarra na bancada e me observa. À luz fraca, seus olhos azul-claros parecem cinzentos.

— Querida, o que foi? — Sua testa se enruga, em confusão. Olho para meu tênis, incapaz de encará-la. Se eu tivesse ido atrás de Brooklyn assim que cheguei na festa, em vez de ficar rolando na grama com Charlie, nada daquilo teria acontecido.

— Eu... — Eu me remexo na banqueta. Passos em outro cômodo me interrompem. Riley levanta a cabeça quando uma mulher de robe de seda branco entra na cozinha. Seu copo tem apenas alguns cubos de gelo.

— Oi, meninas — cumprimenta ela com um sorriso fraco. Deve ser a mãe de Riley, a sra. Howard, mas não se parece em nada com a mulher das fotos no hall de entrada. Seu cabelo, que cai acima dos ombros, parece um dia ter sido cortado de modo elegante, mas está fora de moda. Seu rosto também é estranho; tem algo em seus traços que parece fora de lugar. Suas faces são encovadas, como se formassem um buraco para dentro.

Ela atravessa a cozinha e o gelo no copo chacoalha. Tira uma garrafa com um líquido claro de dentro do freezer e, quando inclina o corpo para a frente, seu robe se abre. Sou obrigada a desviar os olhos para não ver seu peito nu.

— Estão se divertindo? — pergunta a sra. Howard.

— Super — responde Riley com uma voz inexpressiva. — Vem, Sofia. Vamos ter mais privacidade no meu quarto.

— Muito prazer — murmuro, depois sigo Riley até o andar de cima, imaginando se seu pai estaria atrás de alguma das portas pesadas do corredor. O piso com carpete espesso abafa o som de nossos passos.

Riley abre uma porta no fim do corredor, revelando um quarto maior do que a suíte principal da minha casa. Um papel de parede floral antiquado recobre as paredes, e cortinas de veludo pesadas escondem as janelas. Está tão escuro ali dentro que preciso piscar os olhos para ver as silhuetas dos móveis. Pendurada na porta do quarto há uma cruz de madeira ornamentada.

— A casa é sua — diz Riley. Ela atravessa o quarto para acender a luz e se acomoda na poltrona rosa desbotada que fica diante de uma penteadeira vintage. Frasquinhos de maquiagem cobrem a penteadeira, ao lado de velas pela metade e um tecido rendado que parece ser uma echarpe. O espelho está quase todo tomado por fotos de Alexis e Grace, exceto um pequenino círculo no meio. Paro diante da penteadeira e aliso uma foto que está meio dobrada. Se eu não estivesse aqui por um motivo tão terrível, faria Riley me contar a história que existe por trás de cada foto. Tiraria fotos de nós duas com meu celular, torcendo para um dia eu também fazer parte do espelho dela.

À esquerda do espelho, os olhos de vidro fosco de uma boneca de porcelana velha com rosto rachado e cachos castanhos como os de Riley me observam enquanto eu me sento na beirada da cama de Riley.

Abro a boca e tento falar, mas não consigo. *Seu namorado está te traindo.*

— Sof? — Riley inclina o corpo para a frente, pousando a mão no meu joelho. — O que foi? — Algo passa pelos olhos dela, e ela se afasta, depois empertiga as costas até ficar bem ereta. Pergunta num sussurro: — Aconteceu alguma coisa na festa?

Respiro fundo.

— Riley, você precisa terminar com o Josh — solto de uma vez.

Uma ruga se forma entre os olhos de Riley.

— O quê?

— Ele estava com Brooklyn — digo bem depressa, para não perder a coragem. — Agorinha mesmo.

A compreensão cruza o rosto de Riley, e a ruga desaparece de entre seus olhos. Ela abre a boca e torna a fechá-la.

— Você viu os dois juntos — diz Riley, com a voz calma. Ela fecha os olhos com força e tenho a impressão de que vai chorar, mas seus olhos estão secos quando ela os abre de novo. — Eles estavam transando?

— Não. Só se beijando. — As palavras de Brooklyn ecoam na minha cabeça assim que digo aquelas palavras. *Já transou numa banheira aquecida?*

Riley assente. Ela se levanta da cadeira e começa a andar de um lado para o outro do quarto. Para na frente da porta e pressiona a mão na madeira, fechando os olhos. Eu me levanto para abraçá-la quando seus lábios começam a se mover silenciosamente. Ela não está chorando; está rezando.

— Amém — sussurra, e seus olhos se abrem. Ela olha para a porta fixamente sem dizer uma palavra.

— Riley, sinto muito, de verdade. — Meus ombros se enrijecem e eu empertigo as costas um pouco. — Vim assim que vi os dois juntos. Achei que você precisava saber.

— Sof, tudo bem — diz ela. — Eu orei, e acho que é óbvio o que precisamos fazer. Brooklyn está perdida. Precisamos ajudá-la.

— Você quer *ajudar* Brooklyn? — Olho espantada para Riley, confusa. — Mas e Josh? Você não está puta da vida?

— Josh se desgarrou de Deus — diz Riley. — Sim, magoa, mas eu acredito que ele vai voltar a encontrar os braços do Senhor. Mas Brooklyn... não entende, Sofia? Isso *prova* apenas que ela precisa mesmo de nossa ajuda. Brooklyn precisa ser salva.

Um sorriso paira no rosto de Riley — e me faz lembrar do dia em que eu a conheci, quando seu sorriso parecia se limitar aos lábios e não se estender até os olhos, que permaneciam vazios e frios. Agora, porém, seus olhos estão iluminados com uma espécie de energia maníaca. Quando ela torna a falar, suas palavras se embolam umas nas outras, como se estivessem disputando para ver qual saía primeiro de sua boca.

— Pensamos que Brooklyn estivesse se rebelando, mas isso é pior. Algumas pessoas trazem o mal dentro de si, Sofia. Brooklyn precisa de nós.

A palavra *mal* ainda me parece errada, mas não posso argumentar com Riley depois do que eu vi. Se é disso que ela precisa para superar o Josh, posso apoiá-la. Aperto seu braço.

— E como vamos fazer isso?

— Não se preocupe. — Riley pousa a mão na minha e retribui o aperto. — Você não precisa fazer nada. Eu cuido de tudo.

CAPÍTULO SETE

O assoalho range em algum lugar da casa, arrancando-me do sono. Forço meus olhos a se abrirem, sem saber se o que ouvi foi real ou o eco de um sonho.

Ouço um passo pesado no chão do andar de baixo. Depois, silêncio.

Sento na cama e o edredom cai sobre meu colo. Meu coração lateja com força em meus ouvidos. Talvez seja mamãe descendo as escadas para buscar um copo d'água. Mas isso não é muito provável. Quase todas as noites ela toma soníferos extremamente fortes e apaga como um morto até amanhecer.

Afasto o resto dos lençóis e saio da cama. O piso faz meus pés descalços congelarem, e tremo de frio enquanto tateio em busca da porta. Como esta noite não tem lua, meu quarto está tão escuro que não consigo ver meus braços estendidos diante de mim.

A casa cai em silêncio. É bobagem minha. Ainda que não tenha sido mamãe, aquele barulho pode ter sido um milhão de coisas: a casa se acomodando, o vento batendo nas janelas. Mesmo assim, prendo a respiração até meus dedos encontrarem a porta. Encosto a orelha na madeira, tentando escutar algum barulho no corredor.

O topo da escada range: outro passo. Tem alguém aí fora.

Tropeço para trás e esbarro na minha mesa. Outro rangido, dessa vez bem em frente à minha porta.

— Quem está aí? — sussurro. Eu me afasto da mesa, forçando-me a ir até a porta.

Em tom mais alto, pergunto:

— Mãe? É você?

Está muito escuro para enxergar, mas ouço a trava da maçaneta da porta estalar e sinto o movimento do ar quando a porta se abre. Um ruído parecido com o de unhas arranhando uma lixa corta o silêncio, e sinto cheiro de enxofre. Uma luz azul-alaranjada se acende.

Pisco contra a claridade repentina, e, enquanto meus olhos se focam novamente, identifico um fósforo aceso e um rosto. A luz dança nos olhos de Riley. Ela leva um dedo aos lábios. *Fique quieta.*

— Você quase me matou de susto! — Respiro fundo para me livrar do restinho de medo e me apoio na mesa, com o coração ainda batendo loucamente. — Como você conseguiu entrar?

Ela não responde, mas sua sobrancelha se arqueia. Seus olhos estão frenéticos, grandes e escuros, as pupilas dilatadas como um par de poças negras idênticas. Uma emoção que não consigo nomear atravessa seu rosto, e minha pergunta muda de *como* ela entrou para *por quê.*

— Rápido! — sussurra Riley. O fósforo queima até a ponta de seus dedos, e ela o apaga com um safanão. Uma espiral prateada de fumaça se ergue até o teto. — Quero te mostrar uma coisa.

Isso só pode ter a ver com Josh. Aposto que as outras estão esperando pela gente na casa e que passaremos a noite tomando sorvete e reclamando do quanto os garotos são idiotas. Meu medo se torna alívio.

Pego meu tênis, depois abro a porta do quarto. Riley vem atrás de mim em silêncio. Uma vez no corredor, hesito, olhando de relance para a porta do quarto da minha mãe. Faço sinal para que Riley fique calada, quando começamos a descer as escadas.

Saímos às pressas de casa, fazendo primeiro uma pequena parada para Riley apanhar um par de tênis cinza que escondera atrás do vaso sob o alpendre. Sem nem desamarrar os cadarços, ela os calça, e saímos para a rua.

O vento entra pelas mangas do meu suéter e me dá calafrios. Aperto os lábios para meus dentes não tremerem e cubro as mãos com o suéter. Apesar de Riley estar com as pernas à mostra, ela não treme.

Percebo uma sombra agachada nos degraus do alpendre ao nos aproximarmos da casa abandonada: Grace. Nunca a vi com uma roupa tão normal antes — ela está usando uma camisa preta, jeans e um tênis desbotado. O capuz do seu moletom com estampa de girafa esconde seu cabelo.

— Oi, Grace — cumprimento, quando passo por ela nos degraus.

— Oi — responde ela, de modo vazio. Seus olhos não se focam em lugar algum, e a presença de Riley lhe passa totalmente despercebida. É como se *ela* é que tivesse acabado de ser traída pelo namorado.

— Ela tá bem? — pergunto. Riley empurra a porta para abri-la, e nós duas entramos.

— Grace? Ah, deve estar cansada, só isso. Vamos; é por aqui.

Fecho a porta com cuidado e percebo que colocaram uma maçaneta onde antes não havia nenhuma. Riley percebe minha perplexidade e retira do bolso da calça jeans uma chave.

— Todo cuidado é pouco — diz, como se aquilo respondesse a tudo.

Atravessamos a sala, onde os sacos de dormir estão enrolados num canto, empilhados ao lado dos travesseiros. Nenhuma das velas aromáticas está acesa, o que faz esse lugar parecer mais vazio do que antes. Eu me dou conta do quanto estamos sozinhas aqui: à nossa volta não há mais nada além de terra e esqueletos de casas construídas pela metade. O vento chacoalha o plástico preso nas janelas. Eu o imagino atravessando quilômetros de terrenos vazios até chocar-se contra esta casa, e, de repente, ele parece forte o bastante para derrubar paredes.

— A gente vai para o porão — diz Riley, abrindo uma porta que pensei ser de um armário. Espio para baixo, tentando enxergar o que está no pé da escada, mas não consigo ver nada além da parede de concreto abaixo. O resto do porão está escuro.

— O que tem aí embaixo?

— Uma surpresa — responde Riley. O primeiro passo faz o chão ranger sob seu pé descalço, e ela me toma pelo braço.

— Não se assuste.

Começo a descer as escadas com ela, concentrada em colocar um pé atrás do outro. O ar frio entra de mansinho pelas paredes e o chão de concreto, trazendo um cheiro úmido de poeira e de alguma outra coisa que não consigo identificar. Torço o nariz ao descer. É um cheiro metálico, como de moedas.

Um gemido abafado sai das profundezas do porão, como se alguém estivesse chorando contra o travesseiro. Paro no último degrau.

— Riley... — Ainda não consigo ver o que está além da parede de concreto, e de repente desejo não ver mesmo. Riley, porém, puxa meu braço, cravando as unhas no meu pulso. Meus pés seguem adiante, por conta própria.

— Está tudo bem, Sof — diz ela, e eu me deixo ser conduzida enquanto dobramos a esquina.

A lamparina a óleo azul do andar de cima foi colocada sobre uma mesa perto da parede e lança um feixe de luz tremeluzente sobre o concreto. Alexis está inclinada sobre a lamparina, mexendo em uma alavanca ao lado. Algo tremula, como se fosse um braço saindo das trevas atrás dela. Viro a cabeça para ver o que é, rezando para que seja apenas uma ilusão de óptica.

A minúscula chama da lamparina dança mais alto, iluminando o corpo mole de Brooklyn. Sua boca e suas bochechas foram cobertas com fita adesiva, colando seu cabelo curto e suado à cabeça. Ela está amarrada a um pilar de madeira no meio da sala, com os braços prensados ao longo do corpo e as pernas bem presas abaixo de si.

O medo aumenta em meu peito, mas eu o reprimo de novo. Isso é um trote. Elas devem ter feito isso para tirar onda com a minha cara. Rio, nervosa, mas então Brooklyn ergue a cabeça e a balança para tirar o cabelo suado dos olhos. Seu olhar encontra o meu, e é como se me atirassem na água gelada. O medo nos olhos de Brooklyn é real.

— Riley... — Minha voz sai rouca, um sussurro. — O que você fez?

— O que *eu* fiz? — A voz de Riley ecoa no concreto como um tapa. Brooklyn se agita com o som, mas seus olhos vermelhos permanecem fixos em mim. — Já falamos sobre isso, Sofia. — Riley cruza a sala até Alexis, pega uma mochila preta e dela tira uma faca de carne. Brooklyn inspira com um soluço trêmulo, e eu coloco a mão sobre a boca.

— Merda! Riley, pra que isso?

— Vou tirar o mal de dentro dela. — Riley vira a faca para que a lâmina reflita o brilho da lamparina. Olho novamente para Brooklyn. O atrito da corda contra seus pulsos os deixaram em carne viva e seu cabelo está ensopado de suor, mas, fora isso, ela não tem nenhum ferimento. Parece apenas assustada. Eu expiro. Ainda há tempo de consertar isso.

— Riley, me dá essa faca — falo, estendendo a mão. A lâmina distorce meu reflexo, fazendo minha testa parecer muito comprida e meus olhos se tornarem buraquinhos negros arredondados. Pareço um monstro.

— Não seja boba, Sofia. — Riley puxa a faca para o lado e a segura de forma possessiva. — A gente já conversou sobre esse assunto. Você disse que estava nessa comigo.

Riley está delirando. Nós falamos em *ajudar* Brooklyn, não *sequestrá-la*. Brooklyn não tirou os olhos da faca em nenhum momento. Seu rosto se contorce de medo, enrugando as pontas da fita adesiva. Começo a atravessar o porão, mas Alexis fica diante de mim, impedindo minha passagem.

— Me deixa passar — ordeno. Alexis cruza os braços e olha para Riley por cima do meu ombro. Brooklyn se remexe contra a parede de concreto atrás dela, e as cordas que prendem seus pulsos se apertam mais, fazendo-a gemer. — Alexis, a gente precisa soltar Brooklyn!

— Isso é para o próprio bem dela, Sofia. — Riley se aproxima por trás de mim e pousa a mão no meu ombro, para me impedir de chegar mais perto de Brooklyn. Um calafrio se espalha da ponta dos meus dedos até minha lombar. — Alexis, você trouxe tudo? — Riley muda a posição da mochila nos braços, careteando por causa do seu peso.

— Acho que sim. — Alexis observa Riley por baixo de seu cabelo loiro desbotado. Não dá para saber se está tão apavorada quanto eu, mas é óbvio que ela não vai fazer nada para impedir o que está acontecendo.

— O que tem aí dentro? — pergunto, olhando para a mochila.

— Suprimentos muito importantes. — Riley abre o zíper da mochila e retira potes de água e sal, três garrafas de vinho e uma Bíblia grossa com encadernação de couro. Ela põe os itens no chão e remexe dentro da mochila novamente. Fico esperando mais facas, mas Riley tira uma cruz de madeira.

De repente, a ficha cai:

— Isto é um exorcismo — digo.

— Lexie me ensinou a fazer — declara Riley. Ela põe a faca no chão e apanha a garrafa de vinho, arrancando a rolha.

— Vamos tirar o diabo de dentro de Brooklyn — explica Alexis. — A maioria dos padres usa água benta ou uma cruz, às vezes sal bento.

Decido saltar a parte sobre o "diabo" e ir direto para o defeito mais óbvio no plano delas.

— Beleza, mas ninguém aqui é padre.

— A gente não precisa ser padre — retruca Alexis. — Era o que eu estava justamente contando a Riley. Qualquer pessoa pode fazer um exorcismo, contanto que esteja repleta do Espírito Santo. E, quanto mais fiéis verdadeiros você tiver reunidos, mais forte você será. Com Grace e você, somos quatro.

— Não se assuste, Sofia — diz Riley, tomando um gole de vinho. — Vai ser divertido.

Concordo, sem graça. Nenhum dos suprimentos é tão terrível assim, exceto a faca. Talvez elas só joguem um pouquinho de água em Brooklyn e entoem cantos por algum tempo. Provavelmente só trouxeram a faca para meter medo nela — como uma espécie de punição por ela ter ficado com Josh. Respiro fundo, tentando me acalmar. Isso ainda pode ser aceitável.

Mas então ergo o olhar e encontro os olhos inchados e vermelhos de Brooklyn. Seus ombros suados sobem e descem em soluços silenciosos, e as lágrimas se misturam ao seu delineador, formando linhas grossas e pretas que escorrem pelo seu rosto. Isso não é um trote. Riley não disse que queria punir Brooklyn: ela disse que queria *salvá-la*, e por algum motivo isso envolve uma faca e o aprisionamento de uma garota num porão.

— Não posso fazer isso — declaro. Dou um passo para trás, recuando lentamente em direção às escadas. Minhas pernas estão tão dormentes que tenho a sensação de que vou desabar. — Preciso ir.

Eu me viro e ando aos tropeços em direção à escada, sem esperar pela resposta de Riley. Quando alcanço a parede de concreto, começo a correr; meus sapatos escorregam nos degraus. Minha mente começa a pensar rapidamente, dizendo que estou exagerando, que não há nenhum problema. Mas, ao mesmo tempo, as palmas de minhas mãos começam a suar e meus joelhos a tremer. Meu corpo quer se afastar o máximo possível daqui.

Quando saio do porão, o tempo se acelera. Meu coração bate com tanta força que me impede de raciocinar. Atravesso a cozinha, tão depressa que bato o braço no caixilho da porta e acabo caindo aos tropeções no corredor, aterrissando com tudo sobre os joelhos. A dor atravessa minhas pernas, mas cerro os dentes, levanto e continuo a correr.

As sombras na sala de estar parecem querer me alcançar quando eu a atravesso correndo. Olho para fora ao chegar à porta da frente, mas Grace não está mais no alpendre. Não paro pra imaginar aonde ela foi. Minhas mãos tremem tanto que a maçaneta chacoalha quando tento abrir a tranca, até que meus dedos finalmente conseguem girá-la. Viro a maçaneta.

A porta não se move. Puxo a maçaneta com mais força. Ela gira com facilidade, mas a porta continua firmemente fechada. Por fim, olho para cima. Há uma tranca parafusada no caixilho, fechada com um pesado cadeado de metal.

— *Droga!* — Minha voz sai quase num sussurro, porém mais me parece um estrondo. Penso no que Riley disse quando vi a nova maçaneta. *Todo cuidado é pouco.*

Volto ao corredor e abro a primeira porta que encontro. É um quarto, com duas janelas na parede mais distante de mim. Atravesso-o correndo e, com os dedos, busco a borda da janela. Minha mão roça contra objetos de metal. Meu coração se gela.

Pregos cobrem toda a moldura da janela, selando-a com firmeza. Alguns então bem enfiados na madeira, enquanto outros são longos e tortos, projetando-se de forma estranha da moldura. Sobre o parapeito está caído um único prego envergado, ao lado do esboço trêmulo de um coração que alguém entalhou na madeira.

Por um longo tempo, fico simplesmente olhando para os pregos, tentando não ter um ataque de pânico nem me dissolver em lágrimas. Riley não é maluca o bastante para enclausurar todo mundo aqui; trancar a janela com pregos para que não possamos sair. No entanto, sei que foi exatamente o que ela fez. Estou presa aqui com ela — todas nós estamos.

Minhas pernas tremem enquanto recuo. Começo a abrir portas aleatoriamente, buscando de forma desesperada por uma saída que tenha passado despercebida para Riley. Minha respiração vai ficando cada vez mais descontrolada enquanto corro de uma sala vazia a outra. Tento arrancar os pregos dos parapeitos das janelas até meus dedos sangrarem, mas eles não saem do lugar. Riley deve ter usado uma pistola de pregos.

Por fim, acabo em um banheiro. Só há uma janela ali, do tipo que se abre com uma manivela. Na moldura, não vejo nenhum prego. Solto um soluço trêmulo, desesperado.

Agarro a manivela com as duas mãos. A haste de plástico penetra minha pele enquanto eu a giro, sem parar. A janela faz um movimento abrupto e começa a se abrir, formando um ângulo que permite a passagem do ar gelado no banheiro. Nuvens escondem a lua, fazendo com que a noite fique completamente escura. Cigarras cantam na grama.

Paro de girar a manivela assim que a fenda fica grande o bastante para eu conseguir sair. Tenho a impressão de que as cigarras começam a cantar mais alto, mas talvez seja só meu coração que esteja batendo mais devagar. Vou conseguir. Vou sair daqui, vou chamar a polícia. Enxugando as mãos suadas na calça jeans, eu me inclino para a frente, e os nós dos meus dedos ficam brancos quando agarro com força o parapeito.

Minha mão bate na parte externa do vidro, que se fecha com toda a força em cima dos meus dedos.

Uma dor intensa e quente se irradia pela minha mão. Solto um grito e tento puxá-la, mas a janela prende meus dedos no lugar. As nuvens se movem, banhando Riley ao luar.

Ela me examina com aqueles olhos cinzentos, depois apoia o ombro na janela, pressionando-a ainda mais contra meus dedos.

— Não posso deixar você ir embora agora, Sof. — Riley se afasta do vidro, e a janela se abre. Puxo minhas mãos, ofegante. Sangue escorre dos nós dos meus dedos até o pulso, manchando as mangas do meu cardigã.

— Vá se limpar — diz Riley. — A gente está só começando.

CAPÍTULO OITO

Caio de joelhos no piso frio do banheiro e tateio em busca do rolo de papel higiênico ao lado da privada, limpando desajeitadamente o sangue que pinga dos meus dedos. Faço o teste de abrir e fechar a mão. Nenhum osso se quebrou.

Alguém bate à porta com força.

— Vamos logo, Sof! — A madeira abafa a voz de Riley. — Estamos esperando.

Respiro fundo duas vezes. Meus pulmões ardem, e me sinto tonta. É apenas Riley. Riley, que fofocou comigo sobre garotos tomando vinho. Riley, que insistiu para que eu almoçasse com ela depois de encontrarmos aquele gato morto. Ela não é maluca; só perdeu a cabeça. A Riley de verdade continua aí.

Além do mais, não posso ficar no banheiro para sempre. Lambo meu polegar para limpar o sangue dos nós dos dedos e abro a porta.

O luar que entra pela janela do banheiro ilumina os ombros estreitos e os braços longos e magros de Riley. Ela inclina a cabeça, e seus cachos escuros se acumulam sobre um dos ombros. Ela parece uma boneca.

— Volte para o porão — fala Riley. — Preciso dar um jeito nisso. — Com a cabeça, ela indica o banheiro. Segurando uma pistola de pregos, ela me empurra para o lado para trancar a única saída que restava nessa casa lacrada.

— Riley, pense direito no que você está fazendo — digo. Ela se vira. Não sorri, mas os sulcos ao redor de seus olhos e da boca ficam mais suaves. Toma a minha mão e a aperta logo acima do pulso.

— Eu sei que você está assustada, Sofia — diz ela. — Sei que foi por isso que você tentou fugir. Mas, se você não está do meu lado, está contra mim.

Ela aperta minha mão com mais força, apenas o bastante para beliscar a pele do meu pulso. Eu me contraio e retiro meu braço.

— Estou do seu lado — digo, olhando para a pistola de pregos.

— Ótimo — declara Riley. — Agora, vá.

Sombras se estendem pelo corredor e não consigo enxergar direito para onde estou indo. Encontro um interruptor de luz na cozinha, e o ligo e desligo, mas nada acontece.

Soltando um palavrão, empurro a porta do porão e tateio até achar o corrimão no escuro. Tento encontrar o degrau de cima com a ponta do tênis.

Grace aparece de trás da parede de concreto e fica parada ao pé da escada.

— E aí? Você vai descer ou não?

— Grace! — exclamo, aliviada. Sombras escondem seu rosto, então lembro de sua expressão vazia e sem foco lá no alpendre. Alexis fica ao lado de Riley em qualquer circunstância, mas Grace é diferente. Não é possível que ela pense que o que está acontecendo aqui embaixo é aceitável.
— Acho que Riley...

A porta do porão se abre e me interrompe. Eu me viro. Riley está no topo da escada. Apenas o contorno de seu corpo estreito é visível sob a luz fraca. Ela empurra a porta para fechá-la, e algo metálico bate contra a madeira. Olho para a porta e noto um cadeado preso à estrutura.

— O que é isso?

— Riley colocou esse cadeado aí — diz Grace.

— Não quero que ninguém apareça aqui de surpresa — completa Riley.

Pisco contra a escuridão. Ela tranca o cadeado e guarda a chave no bolso. Aquele cadeado não serve para impedir a chegada de outras pessoas, mas sim para nos prender aqui dentro.

— Vamos logo, meninas! — diz Riley, começando a descer as escadas. — Temos trabalho a fazer.

Grace adentra mais no porão, sem dizer uma palavra. Eu vou atrás dela, mas, toda vez que piso em um degrau ruidoso, uma nova imagem aparece em minha mente: primeiro, a mochila cheia de vinho e água benta; depois, as janelas trancadas com pregos; e agora o novíssimo cadeado preso à porta. Fazer tudo isso deve ter levado dias, talvez semanas. Imagino Riley fechando com pregos a janela do andar de cima segundos antes de chegarmos à casa para beber vinho e fofocar sobre Josh; Riley parando na loja de materiais de construção para comprar um cadeado novo na tarde em que fui ao estúdio de tattoo com Brooklyn. Enxugo minhas mãos suadas na calça jeans.

Alexis está agachada ao lado de Brooklyn, sussurrando. Ela nos olha quando nos aproximamos, e coloca uma mecha de cabelo ralo atrás da orelha. Alexis rodeou Brooklyn de velas acesas e indica aquela que ainda está segurando.

— Eu li em algum lugar que os demônios têm medo de fogo — diz, piscando seus grandes olhos.

— Ótimo plano, Lexie — murmura Riley. — É como se a gente estivesse ao redor dela com um círculo de luz, para tirá-la das trevas. — E aperta meu ombro.

— É isso aí! Bem pensado — digo, e Riley sorri para mim. Alexis põe a última vela no chão e fica de pé.

— Agora estamos todas aqui. Já podemos começar.

Ela segura uma das minhas mãos, enquanto Riley segura a outra. Juntas, com Grace, formamos um semicírculo ao redor de Brooklyn. Apesar de não querer olhar para ela, não tenho escolha, então ergo o olhar.

Uma mecha suada de cabelo loiro está grudada no rosto de Brooklyn e tremula perto do nariz toda vez que ela expira. Camadas grossas de delineador preto escorrem pelas suas faces como lágrimas. Aperto mais a mão de Riley. Temos apenas de terminar esse exorcismo. Tudo ainda pode acabar bem.

— Antes de começar, a gente precisa acertar as contas com Deus — explica Alexis. Brooklyn mexe o pé, que está calçado com um coturno. A sola guincha sobre o chão de concreto. — Se queremos que ele leve embora o demônio, precisamos confessar nossos pecados e pedir perdão.

— Eu primeiro — diz Grace, remexendo no zíper do seu moletom. Ela olha fixamente para seu tênis enquanto fala, como se estivesse contando uma história para ele, e não para nós. — Preciso de uma bolsa de estudos para entrar numa boa universidade, então minhas notas têm de ser muito altas. Só que estou me dando supermal em Cálculo, e semana passada roubei um pouco da Ritalina do meu irmão. Ele tem síndrome de déficit de atenção e toma esse remédio para se concentrar. Eu pensei que a Ritalina poderia me ajudar a estudar.

— Nossa, Grace — diz Riley. — Por que você não contou pra gente que estava com dificuldades na escola?

— Fiquei com vergonha — responde ela, soltando o zíper. — Foi só uma vez. O remédio me ajudou a fazer a prova, mas eu me senti meio tonta o tempo inteiro. Nunca mais vou tomar.

O olhar de Riley encontra o de Grace quando ela ergue a cabeça.

— Que bom.

O vento bate na janela minúscula e retangular próxima ao teto do porão, fazendo a vidraça ranger. Se fosse ontem, a confissão de Grace teria me chocado, mas, diante de todo o resto, viajar com umas pílulas é até entediante.

— Sua vez — diz Riley, apontando para Alexis.

Alexis solta a mão de Grace e enrosca uma mecha de seu longo cabelo loiro no dedo. Ela se vira para mim e começa a falar:

— Riley e Grace já sabem, mas minha irmã mais velha, Carly, está internada no hospital há vários meses. Ela está em coma durante o que deveria ser o último e melhor ano da escola; tudo só porque comeu um amendoinzinho sem querer. — O sotaque de Alexis vai ficando mais forte durante sua fala, e ela faz pausas nos momentos certos, como se já tivesse contado essa história várias vezes. Ela sussurra a palavra *coma* como se fosse muito doloroso dizê-la em voz alta.

Riley pigarreia.

— Não é culpa sua, Lexie — diz ela.

Alexis enrosca o cabelo no dedo com mais força ainda.

— Não é isso. É que eu devia ficar triste o tempo todo, mas eu simplesmente... não estou. — A luz da vela tremeluz, refletindo os olhos escuros e grandes de Alexis. — Sem ela, a vida ficou mais fácil. Não tenho de ficar competindo com Carly; não há mais briga. Tem dias que eu desejo que ela nunca mais acorde.

— Mas ela é sua irmã! — retruca Grace.

— Eu sei — responde Alexis. Pela forma como sua voz começou a ficar trêmula, percebo o quanto ela se martiriza, mas apesar disso alguma coisa parece falsa naquela confissão. — Eu rezo pedindo perdão todos os dias. Deus sabe que eu quero que Carly melhore.

Grace assente, mas sua boca se retorce com repugnância. Que tipo de pessoa deseja que a própria irmã permaneça em coma?

— A gente perdoa você, Lexie — Riley a tranquiliza. — Quando você menos esperar, Carly já terá acordado, e você vai ficar feliz por tê-la de volta, tenho certeza!

O vento se agita, soltando uivos. Grace sorri sem jeito para Alexis, que suspira aliviada.

— Agora sou eu — diz Riley. Ela estufa o peito e abranda o olhar, propositadamente. — Eu sempre disse a vocês que Josh e eu estávamos esperando até o casamento, mas... bem, neste verão na casa do lago, as coisas meio que saíram do controle.

— Sério?! — Grace arregala os olhos. — Por que você não contou pra gente?

— É... fora de controle como? — questiona Alexis.

— A gente não foi até o final, mas chegou bem perto. Parei tudo antes de irmos longe demais. Mas, às vezes, fico imaginando o que teria acontecido se eu não tivesse feito isso. Provavelmente é culpa minha que... — Sua voz desafina e ela balança a cabeça, incapaz de terminar a frase. Leva a garrafa de vinho aos lábios, fechando os olhos enquanto bebe. Baixando a garrafa, sussurra: — Deus, me perdoe.

Outro momento de silêncio se estende entre nós, agora com alta carga de emoções. Alexis aperta minha mão com tanta força que meus dedos ficam dormentes, e Grace olha desgostosa para seu tênis, negando-se a olhar nos olhos de alguém. Riley me cutuca.

— Sof? É a sua vez, agora. Pode contar o que quiser pra gente.

Fico olhando para o chão enquanto elas me encaram. Eu me distraí tanto com as histórias delas que quase esqueci que precisava contar a minha. Minha pele formiga, e a lembrança surge em minha cabeça antes que eu consiga dizer qualquer coisa.

Sento na minha banqueta na aula de biologia, enfio um cotonete dentro de um saquinho e escrevo o rótulo com um marcador. Estou debruçada sobre a mesa quando alguma coisa cutuca minha cabeça.

— Ei! — digo, virando-me. Erin está atrás de mim com um cotonete na mão e uma regata de couro tão decotada que é impossível que ela esteja de sutiã.

— Lila e eu fizemos uma aposta pra saber qual vai ser a coisa mais cheia de germes na sala — diz Erin, soltando o cotonete dentro de um saquinho. — Aposto que é esse seu cabelo ensebado.

Ela não ri, mas os colegas atrás dela soltam risadinhas com a mão sobre a boca. Olho para Karen, que está do outro lado da sala com Lila. Ela não parece achar graça, mas fica olhando para o chão e não diz uma palavra.

As lágrimas invadem os cantos dos meus olhos, mas sei que se eu chorar vai ser pior. Então eu me levanto e saio rapidamente da sala. Quando chego ao corredor, meus ombros tremem, e mal consigo segurar o choro. Escuto risadas atrás de mim. O som ecoa em minha cabeça.

— Sof? — A voz de Riley me traz de volta ao presente e meus olhos se abrem.

Alexis toca meu braço.

— Está tudo bem, estamos aqui pra te apoiar.

Engulo em seco, afastando a lembrança para longe. Quase sem perceber, começo a cutucar a pele ao redor de minhas cutículas.

— Eu não me encaixava na última escola em que estudei. Tinha umas meninas na aula de ciências que sempre zombavam de mim. E... — Interrompo o final da frase, sem saber como terminá-la. Riley me cutuca com o ombro.

— E o quê?

Puxo a pele ao redor do polegar.

— Arrumei uma briga com uma delas — minto. — Ela foi parar no hospital.

Bem que eu gostaria que fosse verdade, e eu lembro de minha avó me dizendo que você pode pecar com o pensamento — que pensar uma coisa é quase tão ruim quanto cometê-la de fato. Se for verdade, eu já cometi pecados tão graves quanto os delas. Como eu queria dar um murro em Erin.

— Poxa, Sofia. — Riley fica na minha frente e segura meus ombros. Ela me puxa para si num abraço e corre a mão pela minha nuca. — Você deve ter se sentido tão sozinha... — diz, tão baixinho que tenho certeza de que sou a única que consegue ouvir. — Mas agora você está com a gente — prossegue. — Seu lugar é aqui, do nosso lado.

Por um instante é fácil esquecer o verdadeiro motivo de estarmos aqui e que Brooklyn está amarrada num canto. Então Riley me aperta, e seu abraço é tão forte que não sei se é para me reconfortar ou advertir. Quando ela se afasta, não me olha mais. Vira-se para Brooklyn, estreitando os olhos.

— Todas nós nos humilhamos perante Deus — declara, dando alguns passos para a frente. Ela se ajoelha novamente; agora está tão perto de Brooklyn que seus joelhos tocam a calça jeans esfiapada dela.

— E você? — Riley segura a fita adesiva que cobre a boca de Brooklyn e a puxa. Brooklyn arqueja, e sua cabeça reclina-se sobre o peito. Eu me contraio ao ver o risco vermelho e dolorido que ficou em seu rosto.

Riley segura o queixo de Brooklyn, forçando-a a olhar em seus olhos. Parte do delineador borrado de Brooklyn se gruda aos dedos de Riley. Sua respiração difícil e áspera parece tão penosa que todo o meu peito dói.

— Preparada para se confessar? — pergunta Riley.

Por um longo tempo, Brooklyn não tira os olhos do chão. Pisca rapidamente, como se tentasse conter as lágrimas. É isso, percebo. É exatamente o que Riley queria. Talvez ela não faça nenhum exorcismo — ela só queria que Brooklyn admitisse o que fez.

Por fim, Brooklyn olha para Riley. Com os lábios trêmulos, abre a boca.

E cospe na cara dela.

— Vá pro inferno — diz.

CAPÍTULO NOVE

Riley limpa o cuspe de Brooklyn da face com as costas da mão. Fico esperando que seu rosto se contorça de raiva, mas ela simplesmente olha para a frente com olhos vítreos, a boca uma linha fina e endurecida. Não vejo nenhum sinal da garota que eu imaginava conhecer – esta Riley não parece ter nada que a qualifique como humana. Ela toma um gole de vinho e passa a língua sobre os lábios.

– E aí? Gostou, sua vaca? – Brooklyn puxa as cordas, fazendo ranger o pilar ao qual está amarrada, e cospe de novo, molhando dessa vez o pé de Riley. – Eu devia te batizar em nome de *Satã*!

Riley inclina a cabeça para o lado, mais parecendo uma águia observando um rato.

– Beleza. Temos muito trabalho pela frente. Alexis, qual o próximo passo?

– A gente tem de rezar pela alma da Brooklyn. Eu trouxe a passagem – diz. Mordo a parte interna da bochecha enquanto ela retira um papel desbotado de entre as páginas de sua Bíblia. Mesmo agora, em meio a tudo isso, ela está impecável com seu cardigã branco coberto de corações prateados e um short jeans. Vejo isso como um bom sinal. Ela não teria se vestido tão bem se achasse que as coisas fossem descambar para a violência.

— Então, vou invocar o demônio — Riley apanha a garrafa de água benta. — Sofia, preciso de você. — Ela me estende a outra mão e, quando eu não a seguro de imediato, ela agarra minha mão e entrelaça os dedos entre os meus, puxando-me para perto. — Podemos enfrentar o demônio juntas. Sua força será minha força.

Tento olhar nos olhos de Riley, buscando alguma centelha da Riley de quem gosto, da Riley que eu achava ser minha amiga. Por causa da posição da lamparina, seus olhos ficam na sombra, e é o seu sorriso que se ilumina, retorcido numa expressão cínica.

— Tenha fé — diz para mim. Depois segura a mão de Grace e a aproxima mais do círculo.

Alexis começa a ler.

— Nós o exorcizamos, ó impuro, poder satânico! — Sua voz clara e firme preenche os cantos frios do porão. Tenho vontade de soltar a mão de Riley, mas, ao me mover, ela a aperta com ainda mais força. — Humilha-te sob a poderosa mão de Deus! — diz Alexis. Foco minha atenção novamente nela, imaginando onde teria encontrado essa passagem ridícula que está lendo. Parece ter saído de algum filme tosco de terror.

Alexis fala mais alto:

— Trema e fuja! — Ela tira os olhos da Bíblia e analisa o rosto de Brooklyn, como se esperasse que ela começasse a se debater no chão ou que fumaça saísse de sua boca.

Brooklyn, entretanto, apenas arqueia uma sobrancelha.

— Achou isso na Wikipédia? — pergunta, rindo com deboche.

— Pois é, onde você achou isso, Lexie? — pergunta Grace, franzindo o cenho.

— É a oração oficial para o ritual do exorcismo — responde Alexis. Brooklyn ri mais ainda.

— Nem sei por que me preocupei. Está na cara que todas vocês são profissionais!

— Para! — vocifera Riley. — Não importa de onde veio esse trecho. O que a gente diz não é tão essencial quanto o que a gente acredita.

Riley emborca a garrafa de água benta sobre a cabeça de Brooklyn, que se retrai sob os pingos. Depois, pisca e encara Riley.

Brooklyn inclina a cabeça para que o resto da água caia em seu rosto. Sacode a cabeça, chacoalhando o cabelo como um cachorro.

— Está me preparando para a parte "camiseta molhada" da noite? — pergunta.

Riley aperta a garrafa com mais força e seu sorriso começa a endurecer.

— Ela está tirando sarro da gente! — exclama. — Sof, passa o sal.

Não me mexo, e Riley me dirige um olhar fulminante.

— Quanto antes você ajudar, mais rápido isso pode acabar.

— Tudo bem. — Solto os dedos da mão de Riley. Brooklyn tem razão, Riley não é uma profissional: é só uma adolescente enfurecida. Prender a gente aqui foi bizarro, mas isso tudo não passa de um trote, para mostrar a Brooklyn que vadia manda por aqui. Pego do chão o pote com sal e o entrego a Riley. A maioria das garotas apenas faria um desses livros do arraso.

A água pinga do cabelo de Brooklyn.

— Continua! — diz Riley, apressada, e Alexis pigarreia.

— Das ciladas do demônio, libertai-nos, ó Senhor — prossegue ela, com um pouco menos de entusiasmo.

Riley coloca sal na mão e o atira em Brooklyn. Recuo quando ele atinge seu rosto, mas ela o vira de lado e mantém os olhos bem fechados; assim, boa parte atinge apenas seu cabelo. Alguns minúsculos cristais brancos se grudam em suas bochechas molhadas e no canto da boca. Brooklyn lambe os lábios.

— Da próxima vez, traz tequila e limão pra acompanhar — diz ela. Eu seguro o riso.

— Pagã! — sussurra Riley em tom de ameaça. Ela coloca outro punhado de sal na palma da mão e o atira no rosto de Brooklyn. Dessa vez, o sal se gruda em seu nariz e boca. Brooklyn murmura palavrões, piscando para tentar tirar o sal dos olhos. Riley atira outro punhado, depois mais outro. Quando o pote está quase vazio, cai de joelhos no chão, a centímetros de Brooklyn.

— Pra você isso não é o suficiente, né? — Riley segura o cabelo de Brooklyn e puxa a cabeça dela para trás, obrigando-a a olhar para cima. O canto dos olhos de Brooklyn se enruga.

— Riley... — Dou um passo em sua direção. Isso perdeu a graça. Até Alexis para de ler.

— Não é assim que a gente devia fazer — diz Alexis, e, pela primeira vez, sua voz fraqueja. A rebeldia no olhar de Brooklyn desaparece.

— Será que vocês não veem o que ela está fazendo? — pergunta Riley. — Ela está rindo da gente!

Riley solta o cabelo de Brooklyn com rispidez e se levanta. Seus olhos rapidamente miram a cruz pendurada no pescoço de Alexis. Eu sou a única que está olhando para Brooklyn, e a vejo estufar o peito e sacudir as mãos para afrouxar as cordas. Quero ajudá-la, mas, quando caminho em sua direção, Brooklyn mexe a cabeça para trás e para a frente, depois olha firmemente para a escada. Eu franzo a testa, mas entendo o que ela está tentando dizer. Estamos trancadas aqui, e são três contra uma. Ainda não tenho condições de enfrentar as outras.

— Precisamos de algo mais forte — diz Riley, parando o olhar na corrente de Alexis. — *Isto!* Alexis, me empresta essa cruz.

Alexis me entrega a Bíblia sem dizer nada. Segura o colar e desajeitadamente abre o fecho. A cruz cai em sua mão. Ela a oferece para Riley, que a levanta pela corrente.

— Valeu, Lexie — diz Riley, deixando a cruz balançar, como um pêndulo, diante dos olhos de Brooklyn. — Eu te exorcizo em nome do Pai, do Filho e do Espírito Santo — fala. São quase as mesmas palavras que ela usou para me batizar.

Brooklyn observa a cruz balançar. Seus raivosos olhos vermelhos rapidamente se dirigem a Riley, que fica ainda mais séria e bate no rosto de Brooklyn com a cruz. A corrente reluz ao atravessar o ar e estala ao aterrissar. A cruz abre um corte profundo na bochecha de Brooklyn, deixando uma tênue linha vermelha em sua pele. Uma única gota de sangue lhe escorre pelo rosto, como uma lágrima.

Dou um passo para trás.

— Deus do céu — murmuro. Qualquer esperança de que não haveria violência desaparece. Precisamos sair daqui. Agora.

— Vamos tentar de novo! — exclama Riley.

De repente, Brooklyn inclina-se para um lado e consegue livrar as pernas amarradas, golpeando o queixo de Riley com o coturno. Riley tomba sobre o concreto, torcendo o pulso sob o corpo ao cair. A cruz cai no chão, chacoalhando.

— Vagabunda! — Riley afasta o cabelo do rosto e fica de quatro, contraindo-se quando seu peso tomba sobre o pulso. Grace corre para ajudá-la, mas Brooklyn a chuta de novo, dessa vez acertando-a na costela. Riley desaba sobre Alexis e as duas caem no chão, derrubando a vela aromática, cuja chama crepita e morre.

Se não fosse pelo cadeado na porta do porão, este seria o momento perfeito para fugir. Os músculos de minhas pernas se tensionam, mas eu me contenho. Quando penso em atacar Riley e roubar a chave, ela já está de pé novamente.

O riso agudo de Brooklyn toma conta do porão. Seus olhos flamejam com uma luz vermelha, e, ainda que isso seja apenas o reflexo da vela, parecem brilhar.

— Riley, acho que está dando certo! — grita. — Acho que estou salva!

— Ai, meu Deus! — Grace põe as mãos perto da boca. — Alexis, o seu suéter!

Uma espiral de fumaça sai das costas de Alexis, ficando mais grossa à medida que se aproxima do teto. Chamas alaranjadas e azuis lambem os minúsculos corações ao longo da bainha do suéter.

— Caramba, Lexie, você está pegando fogo! — exclamo.

Alexis se contorce, gritando quando o fogo atinge a manga. Tenta arrancar fora o suéter, mas suas mãos tremem tanto que ela não consegue desabotoá-lo.

Seguro seu braço e puxo o cardigã com força, sem me preocupar quando os botões se soltam e caem no chão. Alexis o atira para longe enquanto o fogo sobe pela manga. O suéter aterrissa em outra vela a pouca distância, ainda crepitando. As chamas devoram um pequenino botão de pérola, e a fumaça ao redor enche o porão com uma nuvem acinzentada.

Grace solta, baixinho, um monte de palavrões. Cobre a boca com o moletom e apaga o resto do fogo, pisando nele com o tênis. A chama se extingue, mas a fumaça permanece. Grace põe os braços em volta dos ombros de Alexis, puxando-a num abraço.

— Shh, está tudo bem — sussurra Grace.

Brooklyn se encosta no pilar e respira, trêmula.

— Eu queria um cigarro, mas acho que isso aqui já está de bom tamanho.

As bochechas de Riley estão vermelhas, e nunca vi seu cabelo tão desgrenhado assim. Ela se aproxima lentamente de Brooklyn. Mordo o lábio inferior, desejando do fundo do coração que Brooklyn a chute de novo, para que ela fique caída por tempo o bastante para eu roubar a chave e dar o fora daqui. Mas Riley para ao chegar nos coturnos de Brooklyn.

— Você parece assustada, Ri — diz Brooklyn. — Achei que os demônios deviam se curvar diante do seu Deus, e não o contrário.

Respiro fundo e, com calma, vasculho a sala em busca de algo que eu possa usar para tentar abrir o cadeado do topo da escada — ou até uma arma. Já passei da fase de fingir que estou do lado de Riley, de deixar tudo rolar esperando que ninguém se machuque. Isso precisa acabar agora.

— Alexis, passa a faca — diz Riley, e eu congelo. Nada aqui embaixo é páreo contra isso. Alexis entrega a faca, deslizando-a pelo chão. O som do metal se arrastando sobre o concreto corta o porão.

Riley pega a faca de Alexis e corre a unha bem feita ao longo da lâmina. Quando chega à ponta, pressiona o dedo, tirando uma gota de sangue que escorre ao redor dele.

— Ótimo — diz, dando um passo na direção de Brooklyn. — Está afiada.

— Segurar um facão não torna você assustadora — diz Brooklyn, sorrindo. — Antes, preciso acreditar que você tem coragem pra usar isso.

— Quer dizer que você não acredita que eu tenho coragem? — pergunta Riley. Brooklyn começa a mexer as pernas, mas Riley cai em cima delas antes que possam sair do chão. Ela golpeia a lateral do joelho de Brooklyn, logo abaixo da rótula, com o cabo da faca.

A boca de Brooklyn forma o desenho perfeito de um "O" e ela fica lívida. Seu rosto se contorce e ela solta um grito estrangulado.

Alexis se aproxima das costas de Brooklyn e puxa a cabeça dela para trás, deixando à mostra a pele pálida e frágil de seu pescoço. Riley ergue a faca e pousa a ponta da lâmina sobre o pescoço à mostra. Enquanto fala, enfia a ponta afiada com ainda mais força na pele de Brooklyn, que se retrai e tenta se afastar, mas não consegue porque o pilar bloqueia seus movimentos.

— E agora? Está com medo? — pergunta Riley.

CAPÍTULO DEZ

Riley empurra ainda mais a faca no pescoço de Brooklyn. Tento não pensar na facilidade com que ela poderia degolá-la. Qualquer movimento que uma ou outra fizer resultará em sangue. Eu praticamente consigo sentir o ódio irradiado pela pele de Riley. Talvez ela queira realmente ajudar Brooklyn, mas a coisa não se resume a isso. Riley também quer vingança.

— Espera! — A palavra escapa de minha boca antes que eu possa pensar duas vezes. Cai um silêncio: agora todas olham para mim, à espera de uma explicação. Pigarreio e dou um passo hesitante em direção à Riley. — Deixa eu tentar.

Conheço o pecado de Brooklyn. Talvez eu possa fazer com que ela o confesse sem machucá-la. Riley me analisa com uma expressão gélida, quase como se pudesse enxergar além de minha pele e meus ossos, visualizando todas as partes que quero manter escondidas. Depois, como se tivesse acionado um interruptor, seu rosto se ilumina.

— Claro! — responde. — Você é que devia fazer Brooklyn se confessar.

Ela me entrega a faca. Minha pele formiga no local onde toca o cabo de madeira. Riley me segura pelos ombros e me puxa para perto, dando-me um beijo na bochecha.

— Deixe a gente orgulhosa! — pede. Seus lábios deixam uma marca úmida que queima minha pele como ácido, mas não a limpo. Talvez seja algo doentio, mas eu *realmente* quero que Riley sinta orgulho de mim, mesmo depois de tudo isso.

— Brooklyn — começo a dizer, forçando-me a olhar nos olhos dela —, sei o que você fez na festa. Eu vi. Basta você admitir e todo mundo vai poder voltar pra casa.

— E o que foi que eu fiz, Sofia? — pergunta Brooklyn, piscando para mim com os olhos cheios de ódio. — Me esclareça.

— Você estava na banheira com Josh — respondo. — Você estava... — Não quero descrever a forma possessiva como ela beijou Josh e abraçou seu pescoço; portanto, deixo o resto da frase no ar, esperando que as outras possam preencher as lacunas.

— Ri, por que você não contou pra gente? — pergunta Grace.

— Acho que eu não queria admitir — sussurra Riley. — Eu...

— Espera — interrompe Brooklyn. — Você tá achando que eu transei com seu namorado? — Ela puxa a perna machucada mais para perto do corpo, e suas botas arranham o chão. — Eu nunca toquei naquele playboyzinho babaca!

— Brooklyn, eu estou tentando... — *Te ajudar*, gostaria de dizer. Aperto os lábios e não completo a frase.

Riley toca meu braço.

— Ela só quer irritar a gente! — diz. — Mas eu sei um jeito de descobrir a verdade.

Riley tira um celular do bolso de trás da calça. O aparelho está todo coberto com fita adesiva, e alguém desenhou no verso, com um marcador preto, um gatinho minúsculo com dentes de vampiro.

— O que você está fazendo com meu telefone? — pergunta Brooklyn. — Você achou que eu e Josh estávamos trocando mensagens de sacanagem?

— Bom. Se estavam, você deletou tudo — responde Riley. Seus olhos brilham de novo daquele jeito, o mesmo brilho de quando ela me trouxe aqui para eu ver Brooklyn amarrada. — Acho que vou precisar escrever umas mensagens novas. Se você não vai admitir que está trepando com meu namorado, vou obrigá-lo a admitir por você.

Olho fixamente para o telefone, querendo tirá-lo da mão de Riley e chamar a polícia.

— *O que vc tá fazendo?* — Riley lê, enquanto digita a mensagem. — *Tô tão sozinha...*

Ela hesita por um instante, depois toca na tela com o polegar.

— Pronto, enviei — declara. Guarda de novo o celular no bolso e se agacha na frente de Brooklyn, mais uma vez.

— Agora, o que vamos fazer enquanto a gente espera a resposta? — pergunta, desamarrando um dedo de Brooklyn. Ela apanha a faca da minha mão e, antes que eu possa impedir, enfia a ponta por baixo da unha de Brooklyn. Sinto aquela dor em todos os meus dedos de uma só vez. — Que tal se a gente jogar um jogo? Ou você confessa seus pecados, ou eu faço suas unhas.

Brooklyn olha para a faca, depois para Riley.

— Vai pro inferno! — diz, por entre os dentes cerrados.

— Bem, isso não está com muita cara de pecado — diz Riley, enfiando a faca embaixo da unha de Brooklyn.

Brooklyn joga a cabeça contra o pilar e solta um grito desesperado e animalesco. Fecho os olhos, e, novamente, vejo Riley enfiar a faca embaixo da unha de Brooklyn e empurrá-la ainda mais; escuto o terrível estalo da unha separando-se do dedo. Começo a ter ânsia de vômito, mas me seguro. Não posso desmoronar agora. Preciso tirar Brooklyn daqui.

Abro os olhos a tempo de ver a minúscula unha negra de Brooklyn cair da faca de Riley e tombar no chão. Os gritos de Brooklyn se dissolvem em soluços trêmulos; seu peito sobe e desce rapidamente. Olho para o toco ensanguentado sobre o piso de concreto enquanto Riley desprende outro dedo de Brooklyn e corre a ponta da faca logo abaixo da unha.

— Riley, vamos arejar esse lugar — interrompo, antes que ela empurre a faca ainda mais sob a unha de Brooklyn. A fumaça está tão espessa, que irrita minha garganta. Os ombros de Riley se enrijecem e eu congelo, certa de que ela percebeu o medo em minha voz. A qualquer momento, vai apontar a faca para mim.

Mas então seus ombros relaxam e ela limpa o suor da testa com as costas da mão.

— É mesmo — responde. — Vamos subir.

Grace e Alexis se reúnem em torno de Riley enquanto seguem em direção à porta. Deixo-as seguirem na minha frente, depois hesito ao pé da escada. Agora que está sozinha, Brooklyn desaba contra o pilar de madeira, e seu peito sobe e desce rapidamente, como se ela estivesse prestes a ter um ataque de pânico. Ela mexe a perna e um espasmo de dor atravessa seu rosto.

Riley retira a chave do bolso e seu cabelo lhe cobre o rosto como um véu. Grace e Alexis estão juntas atrás dela, sussurrando com vozes abafadas e amigáveis. Parece que estão falando de Josh, mas eu não estava prestando atenção.

Eu poderia desamarrar Brooklyn, e então seriam três contra duas. Apesar de ela estar machucada, ainda poderíamos vencer.

Recuo da escada, colocando o peso do corpo na ponta do pé e depois pousando o calcanhar do tênis no chão, para não fazer barulho.

Alexis dá um tapinha no ombro de Riley.

— É melhor assim — diz. Tento respirar naturalmente, mas, toda vez que inspiro, minha boca se enche de fumaça e luto para não tossir. — Pelo menos agora você sabe que tipo de cara ele é.

Eu me escondo atrás da parede de concreto e atravesso o porão correndo para me ajoelhar ao lado de Brooklyn. Ela olha fixamente para a frente, como se não pudesse me ver.

— O que você tá fazendo? — pergunta ela, numa voz que é quase um sussurro. Seguro a corda que a prende ao pilar e tento desfazer o nó com os dedos.

— Tirando você daqui — respondo ao pé de seu ouvido, para que as palavras não ecoem pelo porão.

— Riley é cruel. Se pegar você, vai te amarrar também — sussurra Brooklyn. As cordas escapam dos meus dedos. Trêmula agora, procuro no porão alguma coisa que eu possa usar para soltá-las.

— Sorte a minha que Sofia viu os dois juntos — diz Riley, e sua voz desce lentamente as escadas. Eu a ignoro e apanho uma caneta esferográfica que foi enfiada entre as páginas da Bíblia de Alexis. Tento soltar Brooklyn.

— Sofia? — Riley me chama. Há um instante de silêncio, e meu corpo gela, os dedos congelam sobre a corda. As escadas rangem quando Riley começa a descê-las.

— Droga! — sussurro, escondendo a caneta entre os nós da corda. Brooklyn se contorce para ficar na minha frente.

— Vai! — diz ela. — Nossa única chance é ela pensar que pode confiar em você. Senão, estamos ferradas!

— Sof, o que você está fazendo? — Riley me chama de novo, ao pé da escada. A madeira range novamente, e eu ouço Alexis e Grace sussurrando, enquanto voltam ao porão com ela. Estou tão perto de conseguir. Os nós vão se soltar a qualquer momento. Contorço a caneta contra as cordas, mas ela escorrega de meus dedos suados e cai no chão.

— Droga! — murmuro, com raiva.

Os passos ficam hesitantes e alguém sussurra:

— O que foi isso?

Brooklyn olha para a escada, e um músculo em sua mandíbula se tensiona.

— Me apunhala! — Seus olhos miram a caneta no chão.

— O quê!?

— Sofia, ela *tem* de confiar em você! — insiste Brooklyn. — É nossa única saída!

Enxugo o suor das minhas mãos na calça jeans e pego a caneta. Meus dedos tremem ao levantar a caneta em direção à perna de Brooklyn. Não vou conseguir. O pé de Riley pisa o chão do porão — a qualquer momento ela vai dobrar a esquina e me ver.

— Vai! — exclama Brooklyn. Uma vela tremula atrás de mim, deixando os olhos de Brooklyn vermelhos. Parecem brilhar novamente. Nervosa, solto a caneta, e ela cai no chão e rola em direção à mão de Brooklyn. Tento pegá-la, mas Brooklyn é mais rápida.

Sem pensar duas vezes, ela agarra a caneta e a enfia na perna.

— Puta que o pariu! — grita Brooklyn. Um círculo escuro de sangue aparece no short jeans. As lágrimas irrompem de seus olhos, e ela atira a cabeça para trás contra o pilar, soluçando. Põe a caneta na minha mão, e imediatamente a seguro, tentando não ficar enjoada. Não consigo olhar para o sangue que mancha a ponta da caneta.

— Meu Deus! — grita Riley. Ela está do meu lado agora, e, com os olhos iluminados, observa o sangue se espalhando pela perna de Brooklyn: orgulhosa.

— Ela tentou fugir! — minto. — Assim que você foi pra escada, ela começou a puxar as cordas.

Riley aperta os lábios, tornando-os uma linha fina, e segura meu ombro, num gesto que é ao mesmo tempo reconfortante e repulsivo.

— Eu sabia que podia contar com você.

CAPÍTULO ONZE

Minha avó me contou sobre um exorcismo que viu certa vez, quando era muito jovem. Foi numa igrejinha no interior do México. Um garoto de cinco anos foi trazido perante a congregação. Ele havia lacerado completamente os braços com um alfinete que encontrou na caixa de costura da mãe e estava falando uma língua que ninguém entendia. O padre passou o dia todo banhando o menino com água benta e rezando sem parar pela sua salvação. Quando ficou tarde, a maioria da congregação tinha ido embora, mas minha avó e minha mãe permaneceram lá, rezando com seus rosários para dar forças ao garotinho e ao padre.

A voz de minha avó, que era forte e grave, antes de ela adoecer, sempre ficava mais baixa quando ela contava a continuação da história:

— O menino, ele *tembla* — treme — e chora de dor — dizia ela em seu inglês precário, gesticulando muito, como se estivesse tentando criar a história naquele momento. — Os olhos dele soltam um brilho vermelho, e ele cai no chão, e grita.

E quando abriu os olhos de novo, *mi hija*, não brilhavam mais. A gente soube que ele estava salvo. Livre.

Penso nas palavras de vovó enquanto Brooklyn urra de dor. Penso em como sua perna desfaleceu sob a ponta afiada da caneta e minhas mãos tremem. Passos ecoam pelo chão.

— Meu Deus! O que aconteceu? — pergunta Alexis. Grace fica logo atrás dela, no canto mais distante do porão.

— Brooklyn quase fugiu, mas Sofia não deixou! — explica Riley. — A gente não pode parar agora, justamente quando ela está ficando fraca. Vamos rezar!

Alexis estende a mão para Riley, mas ela segura a minha em vez da dela.

— Alexis, será que daria pra você rezar perto de Brooklyn? Eu quero Sof do meu lado.

O ciúme surge rapidamente no rosto de Alexis, mas logo desaparece.

— Claro — responde. — Você é quem sabe.

Riley aperta minha mão. Agora, ela me vê como parte do grupo. Brooklyn chora e eu ergo os olhos, encontrando os dela. Até nesse momento suas pupilas parecem emitir um brilho vermelho.

A voz baixa e rouca da minha avó ecoa em minha mente.

"Os olhos dele soltam um brilho vermelho, e ele cai no chão, e grita..."

Eu estremeço e olho para o outro lado. São só as velas, nada mais. Alexis fecha os olhos e começa a falar em outra língua:

— *Pater noster, qui es in caelis* — sussurra, balançando o corpo. O latim parece estranho quando falado com sotaque sulino.

Brooklyn se contorce no chão. Suas pálpebras se abrem, mas ela revira tanto os olhos que só consigo ver a parte branca deles. Lembro novamente a história do garoto que se debatia e tremia, enquanto minha avó e sua mãe recitavam o Pai Nosso naquela igreja vazia. Então, Brooklyn ri com deboche, quebrando o clima.

— Ela está de sacanagem com a gente! — acusa Riley. Então apanha a mochila e dela retira uma caixa de fósforos. O medo gela minha espinha.

— O que você vai fazer? — pergunto.

— Confie em mim — responde. Ela acende um fósforo e, por um momento, caímos todas em silêncio. O enxofre acende, soltando faíscas azuis da ponta do fósforo antes de o fogo adensar-se num vermelho-alaranjado tremeluzente. Riley gira o fósforo nos dedos, e a chama se reflete em seus olhos escuros.

Ela o atira em Brooklyn.

O fósforo cai sobre sua perna, que está nua, pouco abaixo do short desfiado. De repente, ela contorce o rosto e num sobressalto inspira fundo, sacudindo a perna furiosamente para tirar o fósforo dali. Ele cai no piso de concreto e se apaga, deixando para trás apenas o cheiro de moedas queimadas.

— É a sua vez. — Riley apanha a minha mão e nela coloca a caixa de fósforos. Hesito. Mesmo sabendo que aquela caixinha de papelão praticamente não pesa nada, para mim parece pesada. — Algum problema?

— Não — respondo, depressa demais. Lentamente, tiro um único fósforo da caixa e o risco na tira que fica na parte inferior da tampa. Penso em todas as opções que me vêm à cabeça, tentando encontrar uma forma de não fazer isso; uma desculpa, uma distração, qualquer coisa. Procuro em cada canto empoeirado, mas não encontro nada. Nenhum plano, nenhuma opção.

A chama do fósforo flameja, primeiro na cor azul, depois laranja.

Eu preciso dar o fora daqui, digo a mim mesma, mas essas palavras não têm muito poder. Riley está me testando, e preciso passar nessa prova se quero ter alguma chance.

A chama desce lentamente pelo fósforo. Meus dedos tremem tanto que quase a apaga. Ergo a mão e o jogo no ar. Por sorte, meus dedos trêmulos o fazem cair no piso de concreto perto de Brooklyn e não em sua pele.

— Passou perto, Sof — diz Riley, porém ela não está mais prestando atenção. Apanha a faca do chão.

Alexis começa a entoar novamente:

— *Sanctificetur nomen tuum...*

Ao meu lado, Grace fecha os olhos e ergue as mãos em prece.

— Tenta de novo, Sofia — ordena Riley, ajoelhando-se diante de Brooklyn. Dessa vez, quando acendo o fósforo, deixo a chama arder até quase chegar aos meus dedos. Ela se apaga no ar antes de alcançar Brooklyn e imediatamente fico aliviada.

Brooklyn mal percebe quando o fósforo carbonizado cai em sua perna. Seus olhos estão fixos na faca de Riley.

— Mais ameaças? — pergunta ela, com uma voz engasgada. — Isso já perdeu a graça.

IMPIEDOSA

Riley gira a faca para que a lâmina reflita a luz da vela.

— Eu li sobre um método de exorcismo chamado sangria — explica. — Se você fere o corpo possuído o bastante, isso espanta o demônio.

Riley pressiona a faca na coxa nua de Brooklyn e desce a lâmina até seu joelho. Move a faca tão devagar que ouço a pele se abrir segundos antes de uma linha fina e vermelha de sangue surgir na perna de Brooklyn.

Brooklyn fecha os olhos com força e cerra os dentes, mas não grita. O sangue irrompe logo acima do joelho e serpenteia por sua perna.

— Riley! — exclamo. Outro fósforo se acende, mas estou tão distraída que ele se apaga em minha mão e queima meus dedos. Tomo um susto e o solto.

— Não se preocupe, os cortes não são fundos — diz Riley. — Nós não queremos matar Brooklyn, a gente só quer assustar o demônio.

Riley arrasta a faca pela outra coxa de Brooklyn, tão lentamente quanto antes. Imagino a faca cortando a carne das minhas coxas, rasgando minha pele. Dói.

A boca de Brooklyn se abre em um soluço silencioso. Seu peito sobe e desce rapidamente, e as lágrimas escorrem pelo seu rosto, deixando para trás traços cinza-escuros de delineador. Em seguida, Riley arrasta a lâmina sobre as canelas de Brooklyn — primeiro a direita, depois a esquerda. O sangue pinga no chão.

Alexis cai de joelhos, entoando mais alto.

— *Adveniat regnuum tuum!*

Riley fica de pé, ainda segurando a faca ensanguentada. Afasta o cabelo da testa, deixando uma mancha vermelha sobre a sobrancelha.

— Sof, pode me passar o sal? — pede, limpando os dedos ensanguentados na calça jeans. — Eu não quero que tudo fique sujo de sangue.

Meu corpo se move antes que eu possa processar a informação, como se outra pessoa estivesse controlando meus braços e pernas. Grace ainda está balançando o corpo, com os braços levantados e os olhos bem fechados. Passo por ela e me agacho ao lado da mochila desbotada que está encostada na parede. Encontro um pacote de sal no bolso dianteiro.

Quando me viro, vejo que a poça de sangue de Brooklyn escorreu até os pés descalços de Riley. Ela não a percebe e caminha em minha direção, deixando pegadas ensanguentadas no concreto.

— Obrigada — diz, pegando o sal de minhas mãos. Riley coloca um cacho do meu cabelo atrás da orelha. Sinto algo quente e úmido em minha bochecha: o sangue de Brooklyn. Ela abre o pacote de sal e coloca um punhado na mão. Quero fechar os olhos, como Grace, para não ver o que ela está prestes a fazer, mas o medo me impede de virar a cabeça ou fechar os olhos. É o mesmo medo que me impede de dizer a ela que pare com aquilo, ou de enfrentá-la para tirar a faca da sua mão. Não quero ser a próxima.

Riley se agacha novamente na frente de Brooklyn. O sangue ensopa a parte do jeans onde ela se ajoelha. Ela segura o queixo de Brooklyn e enfia à força o sal em seus lábios cerrados.

Brooklyn abre os olhos. Tenta afastar a cabeça, mas Alexis vem por trás e a segura pelo cabelo. Riley cobre a boca de Brooklyn com as duas mãos.

Brooklyn joga a cabeça para um lado, depois para o outro. Alexis segura o cabelo dela com mais força, e Riley pressiona seu rosto com as mãos, até Brooklyn não conseguir mais se mexer.

— Eu te solto se você confessar seus pecados — diz Riley. Brooklyn fica imóvel. Suas pálpebras tremulam, mas não se fecham. — Você está pronta para se render ao Senhor?

Brooklyn faz que sim com a cabeça, e, lentamente, Riley inclina-se para trás. Alexis solta o cabelo de Brooklyn, e algumas mechas de cabelo loiro oxigenado espetado ficam grudadas em seus dedos.

Brooklyn se inclina para a frente e vomita o sal no chão. Ainda encurvada, solta um lamento baixinho, depois cospe para tirar todo o sal de sua boca.

— E então? — pergunta Riley. Brooklyn faz que não e murmura algo baixinho demais para ouvirmos. Riley a segura pelo cabelo e puxa sua cabeça para cima. — Não entendi!

Brooklyn inspira, trêmula. Riley inclina-se mais para perto.

Um silêncio tenso se estende entre nós. O vento bate na janela. O tecido do moletom de Grace farfalha à medida que ela agita os braços. Uma esperança breve e débil se acende em meu peito.

Por favor. Por favor, que isso acabe logo.

Brooklyn ergue os olhos negros e cheios de ódio em direção a Riley e abre a boca. O sangue sai de seu nariz e respinga nos dentes.

Ela lança o corpo para a frente e morde o rosto de Riley. O grito horrorizado de Riley corta o silêncio. Os lábios de Brooklyn estão cobertos de vermelho quando ela se afasta e cospe um naco ensanguentado de pele, que desliza pelo piso de concreto.

CAPÍTULO DOZE

— Sua vadia filha da mãe! — Riley se afasta de Brooklyn aos tropeços, segurando o rosto com as duas mãos. O sangue surge por entre seus dedos.

— Riley, meu Deus! — Alexis tenta afastar os punhos fechados de Riley de seu rosto, mas ela a empurra para o lado.

— Me arruma um curativo! — grita. Atrás dela, Brooklyn lambe o sangue dos lábios. Seus olhos se voltam para as escadas, mas dessa vez não preciso que ela me diga o que fazer.

— A gente precisa ir pro banheiro — falo. Fico ao lado de Riley e gentilmente afasto seus dedos do rosto. Ela tira a mão tempo o suficiente para que eu veja a pele mutilada e ensanguentada por baixo. Os dentes de Brooklyn deixaram uma indentação perfeita em sua bochecha. — Se você não lavar isso, vai acabar infeccionando.

Os dedos de Riley tremem. Ela assente e me deixa levá-la em direção às escadas.

— Acho que vi uns bandeides na cozinha — acrescenta Grace.

Alexis aperta as cordas de Brooklyn.

— Dessa vez, vão te segurar — diz, e depois nos segue escada acima.

Não demonstro nenhuma emoção enquanto Riley enfia a mão livre no bolso e retira a chave do porão, torcendo para que ela não perceba em meu rosto o quanto quero arrancá-la de seus dedos. Após destrancar a porta, Riley aperta minha mão.

— Depois que a gente limpar o sangue, não vai dar pra perceber nada — minto. Eu não me espantaria se ela ficasse com uma cicatriz para o resto da vida. Alexis me olha desconfiada, mas nada diz.

Quando chegamos ao andar de cima, deixo Alexis tomar o braço de Riley enquanto Grace segue na nossa frente, em direção ao banheiro. Seguro a porta para todas entrarem.

— Vou procurar os bandeides — falo. Riley assente, mas o espelho do banheiro a distrai. Solta um palavrão baixinho e se inclina sobre a pia, tocando cuidadosamente a pele dolorida em volta da ferida. Pela primeira vez desde que chegamos aqui, ninguém está me observando.

Percorro o corredor e chego à cozinha. Os balcões estão cobertos de poeira, e há teias de aranha por todo o teto. Ao contrário do que eu esperava, não há nenhuma porta dos fundos. Porém, vejo uma janela na parede mais distante de mim. Eu me debruço sobre a pia para alcançá-la, mas outra fileira de pregos tortos e salientes no parapeito me impede de tentar abri-la.

Pela minha cabeça desfila uma série comprida e variada de palavrões. Riley deve ter fechado com pregos todas as janelas. Endireito o corpo e limpo as mãos sujas de poeira nos fundilhos do meu jeans. Deve haver alguma chave sobressalente por aqui, ou pelo menos alguma coisa que eu possa usar como arma.

Os armários da cozinha, entretanto, estão praticamente vazios, com teias de aranha pelos cantos. Vejo uma taça de vinho na prateleira mais alta. Fico na ponta dos pés e a apanho. É de plástico, não de vidro: não serve como arma. A borda está marcada com um batom vermelho forte, do tipo que Brooklyn usa, e o fundo tem um resto de vinho tinto que nunca foi lavado. Guardo a taça de novo no armário e fecho a porta. De joelhos, abro o armário inferior, mas tudo o que encontro é metade de uma fatia de pão e um pote de plástico de manteiga de amendoim.

— Sofia, a gente achou os bandeides! — Grace grita do banheiro, dando-me um susto. — Estavam aqui, embaixo da pia.

Se elas já estão colocando os curativos em Riley, então devem estar quase terminando. Suspiro e olho através do vidro sujo da janela acima da pia. Não tem nenhum jardim atrás da casa, só uma longa extensão de terra revolvida margeada por árvores grossas, cujas folhas já estão ficando alaranjadas e castanhas.

O que haverá atrás daquelas árvores? Mais casas abandonadas e terrenos vazios? Ou haveria uma estrada, um estabelecimento... a civilização?

Algo se mexe no jardim, para além do vidro sujo.

Percebo o movimento com o canto do olho e espio para cima. É um homem — um mendigo, pelo jeito. Está vestido com uma camiseta preta e uma calça de moletom esfarrapada uns três números maiores que o dele, e segura uma garrafa coberta por um saco de papel pardo.

Ele cambaleia por entre as árvores. A qualquer momento, vai desaparecer. Eu me debruço sobre a pia e levanto uma das mãos para bater na janela, mas minha voz fica presa na garganta quando bato o punho no vidro. O homem inclina a cabeça em direção à casa. Abro a boca para gritar.

— Sofia?

Fecho a boca com força e me viro. Riley está bem atrás de mim, e olha para a janela.

— Tinha um bicho aí — minto, baixando a mão. — Uma barata.

Riley torce o nariz.

— Que nojo. Você não ouviu a gente te chamando? Achamos os bandeides.

Ela mostra os curativos beges no rosto, que formam um "X" em sua bochecha direita. Minha vontade é voltar à janela para ver se o mendigo continua ali, mas não posso fazer isso com Riley na minha frente. Ela atravessa a cozinha e se debruça sobre a pia.

— Eu sei que você tá incomodada com o que estamos fazendo — diz. Pelo seu tom, parece que estou nervosa porque estamos dando uma escapadinha à noite ou indo nadar peladas. — Eu queria te mostrar isso, pra te ajudar a entender.

Riley retira um papel dobrado do bolso e o entrega para mim. É um recorte de jornal. Eu o abro e leio a manchete. PROFESSOR MORTO EM ACIDENTE. Logo abaixo, há a fotografia de um homem mais velho com uma vasta cabeleira branca e pele negra muito enrugada.

Franzo o cenho, correndo os olhos pelas primeiras linhas da matéria.

Carlton Willis, adorado professor de geografia e teatro da Adams High School, morreu ontem às 20h após cair de uma escada no ginásio da escola. Deixa esposa, Julianna Willis...

Algo me soa familiar, mas eu não sei dizer o que é.

— O que isso tem a ver com Brooklyn?

— O sr. Willis liderava o grupo de estudos bíblicos que se reunia depois das aulas. — Riley segura com força a borda da pia. — A última aula de Grace e Brooklyn no ano passado era a dele, de geografia. Grace diz que Brooklyn *odiava* o sr. Willis. Uma vez, ela estava cantando no fundo da sala. Era muito assustador, incômodo, e o sr. Willis a expulsou da sala. Antes de sair, ela atirou seu livro nele. Grace diz que ela quebrou uma janela. O sr. Willis jurou que iria expulsá-la da escola; talvez até levá-la à cadeia.

Mesmo contra a minha vontade, fico curiosa.

— E aí, o que aconteceu depois?

— Nada. Foi nessa noite que o sr. Willis sofreu o acidente.

— Acidente... — Olho de novo para a fotografia em preto e branco do recorte. Alguma coisa na mão do sr. Willis chama minha atenção: uma aliança grossa e dourada. Olho mais uma vez para o obituário, e novamente paro na última linha do primeiro parágrafo: *Deixa esposa, Julianna Willis...*

CARLTON E JULIANNA 1979.

— A aliança dele — digo, apontando para a foto. — Brooklyn...

— Brooklyn a usa pendurada no pescoço. — Riley termina a frase para mim e afasta uma mecha de cabelo da testa. — Como um troféu.

Balanço a cabeça. Isso é maluquice.

— Mas *por quê?*

— Porque foi ela quem o matou! — exclama Riley. — Porque ela é má. E por isso a gente precisa detê-la.

◆ ◆ ◆

Reflito sobre aquela história enquanto voltamos até a escada. Primeiro foi o gato esfolado embaixo das arquibancadas, agora um professor. Será que Riley está espalhando mais mentiras? Ou será Brooklyn realmente perigosa?

Brooklyn está de olhos fechados quando voltamos ao porão, mas eles se abrem ao ouvir nossos passos.

— Voltou querendo mais? — pergunta ela.

Riley fecha a cara e toca no curativo em seu rosto.

— Sobrou vinho? — pergunta.

Grace tira outra garrafa da mochila e a entrega para Riley. Fico esperando que ela a jogue contra a parede e ataque Brooklyn com um caco, mas ela só retira a rolha e toma um gole, observando Brooklyn por cima do gargalo.

O celular guardado no bolso de trás da sua calça vibra, e Riley abaixa a garrafa. De repente, é como se o ar no porão ficasse mais pesado. Riley apanha o telefone e toca na tela, depois olha para Brooklyn.

— É Josh — diz. — Ele escreveu... — Riley hesita, e todos os músculos de seu corpo se tensionam. — *Quer companhia?*

Qualquer esperança que eu tinha de que isso acabaria logo desaparece. Riley atira longe o celular de Brooklyn, que sai deslizando pelo chão. Em seguida se ajoelha, segurando as pernas amarradas de Brooklyn entre as suas.

— Sua vagabunda! — vocifera, e dá um tapa em Brooklyn. A cabeça dela se choca contra o pilar de madeira. Eu estremeço e desvio o rosto, e então meu olhar recai sobre a faca de carne semiescondida embaixo da mochila aos pés de Grace. Ninguém parece lembrar daquela faca. — Confesse! — grita Riley. Vou andando para a esquerda devagar, aproximando-me da faca.

— Tá bom! — grita Brooklyn. Solta uma cusparada de sangue no piso de concreto e estica o queixo para a frente. — Você quer que eu confesse a porra dos meus pecados? Rolou mesmo, tá legal? Eu transei com seu namorado. E sabe qual é a melhor parte? A gente vinha pra cá, pra esta casa, tomava vinho e ele me comia no seu saco de dormir.

O rosto de Riley fica vazio, inexpressivo, como se ela não tivesse ouvido nenhuma palavra da confissão de Brooklyn. Sem pensar duas vezes, ela lhe dá outro tapa. Eu me agacho ao lado da faca e a puxo de baixo da mochila. Riley se levanta e começa a caminhar de um lado para o outro.

— Me dá isso aqui! — ordena, parando bem na minha frente. Antes mesmo de eu dizer qualquer coisa, Riley arranca a faca da minha mão.

— Riley! — Eu me levanto, porém já não penso mais no que é inteligente ou no que poderá convencer Riley de que estou do seu lado. Se foi mesmo Josh que a fez perder a cabeça, sabe-se lá o que ela é capaz de fazer agora. Tento pegar a faca, mas ela a segura perto do corpo, de forma possessiva. — Dá um tempo. Ela admitiu seus pecados, não tem mais nada que a gente possa fazer.

Riley balança a cabeça.

— Esse não foi o único pecado dela. — Agacha-se perto de Brooklyn novamente e, dessa vez, segura sua mão. — Me passa a Bíblia, Lexie.

Alexis não responde. Seus olhos apáticos estão fixos na parede mais distante.

— Lexie! — grita Riley, e Alexis dá um sobressalto. — Me passa a Bíblia!

Alexis tira a Bíblia da mochila e a entrega para Riley.

— Sua pecadora imunda! — murmura, enquanto Riley posiciona a Bíblia embaixo da mão de Brooklyn e espaça bem seus dedos sobre a capa.

Brooklyn ergue o rosto. O delineador preto escorre para dentro dos cantos dos seus olhos e mancha a área em volta do seu nariz, e o contorno de sua boca está ensanguentado. Ela tenta tirar a mão, mas Riley a segura com força, pressionando os dedos e a palma dela sobre a capa. Posiciona a faca na ponta do dedo mindinho de Brooklyn.

— Sua psicopata maluca! — grita Brooklyn. Ela esperneia e se contorce, lutando contra as cordas que a prendem. — Me solta!

— Meninas, me ajudem a segurar ela — diz Riley.

Alexis imediatamente vai para trás de Brooklyn e segura seus ombros, para que ela não possa mais se jogar contra as cordas. Grace hesita, depois se agacha ao lado de Riley e prende o pulso de Brooklyn.

Riley segura a faca com as duas mãos.

— Tá bom! Tá bom! — grita Brooklyn, e suas palavras balbuciadas denunciam seu medo. — Fui eu que matei o gato que estava embaixo da arquibancada! Ele estava vagando pelo meu condomínio e eu o afoguei na minha banheira. Depois, tirei o couro com um canivete que roubei de um menino na escola. É isso que você quer ouvir?

— Eu não tô nem aí para as perversões que você fez com aquele gato. — Riley balança a faca sobre o dedo de Brooklyn, que se encolhe com medo do corte da lâmina. — Quero saber do sr. Willis.

Brooklyn balança a cabeça.

— Ele sofreu um acidente. O que mais você quer que eu diga?

Riley abaixa a faca. Ouve-se um estalo quando a lâmina atravessa a pele e a unha, e entra na capa de couro da Bíblia embaixo dos dedos de Brooklyn. Prendo a respiração e fecho os olhos com força para não ver a ponta do dedo mindinho de Brooklyn rolando da Bíblia e caindo no chão com um barulho viscoso.

Os gritos de Brooklyn ecoam pelo porão, pelas paredes. Quando abro os olhos de novo, Riley já esticou outro dedo em cima da Bíblia. O sangue pinga no chão, escorrendo do mindinho ensanguentado de Brooklyn. Riley cortou logo abaixo da unha dela, tirando no máximo um milímetro do dedo. Apesar disso, não consigo desviar os olhos do naco ensanguentado que ela deixou para trás.

Eu recuo até sentir a parede de concreto fria atrás de mim. O suor ensopa todo meu corpo. Não sei o que é pior:

as histórias de Brooklyn ou o que Riley está fazendo com ela para obrigá-la a se confessar.

— Fala do sr. Willis! — ordena Riley novamente.

— Eu matei ele também! — grita Brooklyn, lutando para tirar a mão. — Fiquei esperando por ele no auditório. Queria que parecesse um acidente; então, quando ele começou a subir a escada, eu... eu...

— Você empurrou ele? — Riley termina a frase. Brooklyn aperta os lábios e assente.

— Foi! Eu empurrei ele! — grita ela. — Tá feliz agora, sua louca?

Sinto o gosto amargo de bile no fundo da garganta. Tento engolir, mas o cheiro penetrante e metálico de sangue e fumaça enche minhas narinas. Meu estômago se revira, e sinto o ácido subindo pela minha garganta. Eu me ajoelho e todo o meu corpo vomita, esguichando vômito no concreto.

Olho para cima e Brooklyn me encara. Ela balança a cabeça devagar, e seus olhos ficam cheios de desespero, de dor. "Ela está mentindo", percebo. Está tentando sobreviver. Solto o ar, aliviada.

— Pois é, se quer saber, estou feliz sim — diz Riley, contorcendo os lábios num sorriso desdenhoso. — Agora, você só precisa ser batizada.

CAPÍTULO TREZE

Com os dedos, tento desfazer os nós emaranhados que amarram Brooklyn ao pilar. Ela mal se mexe agora; deve ter desmaiado pela dor ou perda de sangue, não sei direito. As cordas firmes arranham minha pele, mas por fim afrouxam e se soltam.

Vamos cair fora daqui, quero dizer a Brooklyn. O batismo será fácil em comparação com o que ela já passou.

As pálpebras dela tremem, mas permanecem fechadas. Grace enrola um chumaço de papel higiênico em volta do toco do seu dedo e o prende com alguns bandeides. Evito olhar para o papel ensanguentado.

— Não se esquece de amarrar os braços e as pernas dela de novo. — Riley enfia uma pesada cruz de madeira, o sal restante e a água benta na mochila. — Vamos para o segundo andar. Não quero que ela se solte.

— Não tem banheiro no primeiro andar? — pergunto. Alexis se arrasta de quatro ao meu redor, seguindo em direção às pernas de Brooklyn, e começa a reatar os nós que prendem seus tornozelos.

— Só tem banheira nos banheiros do segundo andar — responde Riley.

— Por que precisamos de uma banheira?

— Você vai ver. — As palavras de Riley me dão calafrios, mas eu não digo nada. Amarro as cordas nos pulsos de Brooklyn, deixando-as frouxas de propósito, por via das dúvidas. Alexis termina de prender os tornozelos de Brooklyn e começa a rir.

— Qual a graça? — pergunto. Alexis me olha, mas seus olhos não se focam exatamente no meu rosto.

— É como se ela nem fosse de verdade — diz, cutucando a perna mole de Brooklyn. — Ela tá parecendo uma boneca.

Tento não pensar muito no que ela quis dizer com isso. Riley deixa a mochila encostada na parede e segura o braço de Brooklyn, enquanto Alexis e Grace seguram suas pernas. Mesmo com as três levantando juntas, só conseguem erguê-la alguns poucos centímetros do chão. Elas caminham abaixadas, seguindo lentamente em direção à escada. A respiração de Alexis vai ficando mais pesada a cada passo, e Grace já está com cara de quem vai desmaiar. Sua testa está coberta de filetes de suor, e uns poucos fios desgrenhados de seu cabelo se soltam do rabo de cavalo, projetando-se em ângulos estranhos.

— Sof, apaga as velas aí embaixo — pede Riley, gemendo enquanto muda a posição de Brooklyn. Com um dos braços envolve seu tronco, enquanto Grace agora segura os braços e ombros amarrados. O rosto de Riley fica tenso toda vez que ela dá um passo para trás. — E pega a mochila, tá?

— Tá bem. — Rapidamente apago as velas no canto mais distante do porão e apanho a mochila, que continua encostada na parede. Ajoelho ao seu lado e, quando começo a guardar ali dentro a faca e o rosário, minha mão bate em alguma coisa de plástico duro. Congelo.

É o celular de Brooklyn, que está ao lado da mochila, preso entre a alça e a parede. Deve ter caído ali depois que Riley o atirou longe.

Sinto a ansiedade subindo pela minha espinha e olho por cima do ombro. Riley e as outras continuam arrastando Brooklyn escada acima. Pego o celular e aperto o botão para ligá-lo. A tela se acende. Perco qualquer medo de que Riley me veja. Brooklyn perdeu um *dedo*. Ela precisa ir ao hospital.

Deslizo os polegares sobre a tela.

911, digito. Quando aperto "Enviar" a tela se acende com um aviso: 2% DE BATERIA.

Solto um palavrão baixinho. Talvez uma mensagem de texto consiga chegar. Aperto o ícone de mensagem, e a última de Josh pisca.

"Quer companhia?", escreveu ele. Lembro o que Brooklyn disse — que eles costumavam vir juntos para cá.

"Sim, vem para a casa", digito, rezando para que ele lembre qual é a casa certa. Aperto "Enviar", mas, antes de eu conseguir ver se a mensagem foi enviada, a tela se apaga.

— Sof? — Riley me chama.

— Tô indo. — Guardo o celular na mochila e ponho a alça sobre o ombro. Riley e as outras estão no meio da escada agora. Passo na frente delas e ajudo Riley a carregar Brooklyn pelos ombros. Ela exibe uma expressão aliviada quando assumo parte do peso da carga.

— Será que Grace consegue abrir a porta? — pergunto.
Riley assente.
— A chave está dentro do meu bolso, aqui do lado.
Grace enfia a mão no bolso de Riley e tira a chave, depois destranca a porta. Mantenho o foco na mensagem de texto e na possibilidade de Josh estar a caminho.

"Ele está vindo", penso. De um jeito ou de outro, a gente vai sair daqui.

Respiro fundo, tentando segurar melhor o torso de Brooklyn reposicionando meus braços embaixo do ombro dela. Minhas costas doem de tanto eu ficar curvada, e minhas panturrilhas latejam de dor ao atravessarmos a sala e entrarmos no corredor principal, onde um lance de escadas escuro conduz ao segundo andar.

Grace ajuda Alexis segurando uma das pernas de Brooklyn, mas continua sendo um esforço puxá-la escada acima. Veias azuis percorrem as pálpebras fechadas de Brooklyn, e sua pele está branca como leite. Se eu não sentisse sua respiração sobre a parte de trás do meu braço, poderia pensar que estivesse morta.

Fazemos uma pausa na escada para recuperar o fôlego. Os longos raios do luar atravessam a janela arqueada ao nosso lado e alcançam o piso de madeira encerada. Riley se recosta na parede, com uma mão sobre o peito. Olho pela janela, esperando ver o carro de Josh vindo em direção à casa. A rua, porém, está vazia.

— Vamos nessa! — diz ela, reequilibrando o peso de Brooklyn. — A gente está quase lá.

O segundo andar está menos acabado que o primeiro. Tiras opacas de plástico pendem do teto, fechando seções de uma parede inacabada. Há uma lata de tinta ao lado da porta de um dos quartos, rodeada de algumas garrafas de cerveja.

A suíte principal fica em frente à escada. A luz da lua entra pelas janelas enquanto puxamos o corpo de Brooklyn pelo piso frio cinza-escuro, deixando manchas de sangue para trás. Já passa da meia-noite. Logo a lua vai mergulhar por trás dos montes distantes, e toda a casa ficará ainda mais escura do que já está.

O banheiro é enorme. Mármore branco toma conta de uma das paredes, e num canto está a maior banheira de hidromassagem que eu já vi, embaixo de uma janela coberta de plástico fosco. Uma fina camada de poeira cobre a pia dupla de porcelana.

Ao chegar à banheira, Riley põe Brooklyn no chão e se encosta na bancada, arfando. Solto o ombro dela também e tento acomodá-la com cuidado sobre os azulejos. Brooklyn geme e fica em posição fetal. Sua respiração é lenta e trêmula.

— Sof, você trouxe a água benta? — Riley se debruça sobre a banheira e abre a torneira. Nada acontece. Ela murmura um palavrão e a fecha, depois abre de novo, mas nada sai.

— Talvez a gente possa apenas borrifar um pouco de água benta na Brooklyn, ou então... — começo a dizer. Um ruído turbulento e borbulhante sai de baixo da banheira, interrompendo-me. Água espessa e marrom jorra da torneira. Riley solta um gritinho estridente e fecha o ralo com um plugue.

— Perfeito! — diz, ao ver a água suja e marrom encher a banheira.

Grace faz uma careta e cobre o nariz com a mão.

— Que nojo.

— Todas as coisas se purificam diante dos olhos de Deus — diz Alexis, olhando para a água lamacenta. Então, ri novamente. — Imunda, imunda, imunda — murmura.

Sua voz me dá calafrio. Grace encolhe o corpo enquanto a banheira se enche e finalmente vira as costas, incapaz de continuar olhando.

No chão, Brooklyn solta um resmungo baixinho. Riley se ajoelha ao lado dela e afasta uma mecha de cabelo suada de sua testa.

— Quietinha agora — diz. — Daqui a pouco isso tudo vai acabar.

Brooklyn aperta os lábios e assente. Até eu não consigo deixar de me sentir reconfortada pelas palavras de Riley. *Daqui a pouco isso tudo vai acabar.* Alexis se inclina por cima de Riley e fecha a torneira.

— A banheira está cheia — declara ela. — Precisa de ajuda para levantar a Brooklyn?

Riley olha para mim.

— A água benta.

— Ah, é mesmo! — Abro a mochila e tiro a garrafa de água benta, que está pela metade. Eu a entrego para Riley, que joga algumas gotas no lamaçal marrom. Ela pousa a garrafa na bancada da pia, depois ergue Brooklyn pelos ombros. Alexis pega os braços dela para segurá-la com firmeza.

— Eu te batizo em nome do Pai, do Filho e do Espírito Santo — diz Riley, e mergulha primeiro o rosto de Brooklyn na banheira, fazendo a água escorrer pela borda.

Prendo a respiração enquanto Brooklyn se debate na banheira. Lembro meu próprio batismo e sinto meus pulmões arderem novamente.

— Deixa ela — digo. — Já chega.

Mas Riley segura a cabeça de Brooklyn com mais força, empurrando-a ainda mais para debaixo da água.

— Só mais uns segundinhos! — diz.

Brooklyn faz força contra a mão de Riley, mas ela range os dentes e continua segurando-a lá embaixo. Bolhas sobem à superfície da água escura. Passo reto por Grace, afastando-a do caminho, e me ajoelho ao lado da banheira.

— Riley, para! — Pego Riley pelo braço, mas ela me empurra. Alexis ri quando eu tropeço e caio no chão.

— Tá tudo bem? — Grace oferece a mão para ajudar a me levantar, mas eu a ignoro e rastejo de volta até Riley. Brooklyn não se mexe. A água está na altura dos seus ombros agora, e Brooklyn está tão inclinada sobre a banheira que seus joelhos nem tocam mais o chão. Ela não se debate.

— Riley! — Enfio as mãos na água, tentando encontrar o braço de Brooklyn, mas a banheira é funda. Meus dedos batem em alguma coisa parecida com cabelo quando Riley me segura pelos ombros e me puxa para trás. Bato o cotovelo no chão, e a dor se irradia pelo meu braço.

— Fica tranquila — diz ela. — Eu ia deixar ela subir daqui a pouco.

Riley finalmente solta a cabeça de Brooklyn e apoia o peso do corpo sobre os calcanhares. Seus braços estão manchados de marrom por causa da água lamacenta. Brooklyn permanece imóvel. Chego mais perto. Quando estou prestes a puxá-la novamente, Riley segura Brooklyn pelas pernas e a gira na banheira. A água lamacenta respinga sobre o chão de mármore, molhando nossos pés, quando o corpo de Brooklyn desaparece sob a superfície. Tento ficar de joelhos de novo, mas antes que eu alcance a banheira novamente, Riley me dá uma cotovelada para eu sair do seu caminho.

— Você não deixa ela em paz. — Riley estreita os olhos frios e olha para mim.

— Você está *afogando* Brooklyn — retruco entredentes.

— Talvez — responde ela. — Se essa for a vontade de Deus. — Riley aperta meu braço com mais força e começa a me arrastar para fora do banheiro.

— Riley, não! — Tento me desvencilhar, mas Riley me segura com força. — Ela vai morrer!

— Lexie, abre a porta — diz Riley.

— Não! — grito. Alexis e Grace nos seguem para fora do banheiro. Nem mesmo Alexis parece concordar tanto assim em relação às ordens de Riley agora, mas apesar disso fecha a porta ao sair do banheiro. Tento escutar o ruído de agitações na água ou gritos — qualquer coisa que me diga que Brooklyn ainda está viva ali dentro. Mas tudo o que ouço é silêncio.

Eu me solto de Riley, mas ela crava as unhas em mim e me obriga a sair do quarto e entrar no corredor. Enquanto Alexis segura meu braço, Riley retira uma chavinha do bolso. Há um cadeado prateado preso no batente da porta, igual ao da porta do porão e ao da porta da frente.

Riley planejou isso — este exato momento. Ela não queria batizar Brooklyn. Desde o começo, planejava trancá-la naquele banheiro e deixá-la morrer.

Enquanto Riley manuseia a chave desajeitadamente, torço o braço e me solto de Alexis, depois dou uma pancada nela logo abaixo das costelas. Xingando, ela dobra o corpo em dois, e eu saio correndo. Eu me atiro contra o ombro de Riley primeiro, empurrando-a para o lado antes que ela consiga trancar a porta.

— Sofia, pare! — grita ela, mas não dou ouvidos. Abro a porta do quarto e saio em disparada até o banheiro. Meus pés deslizam no piso escorregadio de madeira, ainda molhado de sangue e de água lamacenta.

Riley me alcança quando chego ao banheiro. Tento abrir a porta, mas ela a fecha novamente.

— Você não sabe o que está fazendo — diz ela, arfante.
— O demônio...

Faço força para a porta se abrir, empurrando-a para o lado. Ela escorrega numa poça de água perto da porta do banheiro e quase cai, mas se segura na parede para se equilibrar. A superfície da água está tão parada quanto um vidro. Corro até a banheira e me ajoelho, depois enfio a mão na água marrom. Grace e Alexis se amontoam atrás de Riley junto à entrada da porta, seus passos ecoam no piso de mármore. Elas se aproximam de mim correndo, mas chegam tarde demais. Todas nós chegamos tarde demais. Eu me levanto e retiro o braço trêmulo da água.

— Oh, meu Deus — murmuro, levando a mão à boca.

A banheira está vazia. Brooklyn não está morta: ela fugiu.

CAPÍTULO CATORZE

Brooklyn fugiu. Dou um passo para trás e trombo de costas com Riley, e o corpo dela se enrijece. Seus dedos se fecham em torno do meu punho.

— Cadê ela? — pergunta.

— Não sei.

Riley abaixa meu braço. De olhos arregalados, olha em torno do banheiro, bloqueando a porta com o corpo. Todos os seus músculos se tensionam, como se estivesse esperando que Brooklyn fosse saltar de dentro das paredes.

Eu repasso a situação toda na minha cabeça, sem parar, como se fosse um problema matemático sem solução. Abraço meu peito e corro os olhos pelo banheiro. Grace segura o batente da porta com tanta força que os nós de seus dedos ficam brancos. Alexis posta-se ao lado dela, os cantos dos lábios retorcidos em algo que fica entre um sorriso e uma careta.

— A gente devia ter imaginado que ela fugiria — diz. Não lhe dou ouvidos e começo a abrir as portas dos armários e do chuveiro. Tudo vazio. Brooklyn realmente não está mais ali.

— Pra onde ela foi, *porra*? — Riley bate a mão espalmada na bancada da pia.

— Riley...

— Não! — vocifera Riley, me cortando. — A gente precisa encontrar a Brooklyn. Agora!

O sorriso estranho continua pintado no rosto de Alexis. Ela enrola uma longa mecha loira em seu dedo.

— Você ainda não se ligou? *Ela* é que vai encontrar a gente, e depois nos matar.

— Não! — Riley agita a cabeça depressa, para um lado e para o outro. — Não. Ela está fraca demais. Sem chance. Grace, vá procurar no porão enquanto nós procuramos nos outros andares.

— Por que procurar por ela aqui dentro da casa? — Grace fala tão depressa que as palavras se embolam umas nas outras. — Provavelmente ela já saiu daqui, Ri.

— Não — insiste Riley. — Não tem como ela sair, isso eu lhe garanto. Ela ainda está aqui dentro. Só precisamos encontrá-la.

Tenho a impressão de que Grace quer dizer mais alguma coisa, mas ela aperta os lábios e apenas assente.

— Vá olhar nos quartos — diz Riley para Alexis. — Eu e Sofia vamos procurar lá embaixo.

O sorriso de Alexis desaparece.

— Você quer que eu vá sozinha?

— Vai logo! — Riley segura o meu braço e me puxa do quarto para o corredor.

Os cantos estão escuros. O plástico que pende do teto se agita com um vento fantasmagórico. Cada segundo que passa pulsa no interior do meu crânio. Eu *quero* que Brooklyn consiga sair daqui. Eu devia estar tentando atrapalhar os planos de Riley — cada instante que desperdiçamos pode significar a chance de Brooklyn encontrar uma janela ou uma porta destrancadas.

No entanto, por mais que eu deseje que tudo isso acabe logo e que Brooklyn escape, ainda não sei do que ela é realmente capaz. Ela pode estar escondida em qualquer canto, esperando atrás de qualquer parede. Ela pode estar em qualquer lugar.

O assoalho range. Dou um pulo e me viro, mas é apenas Grace. Ela desce a escada sem dizer palavra.

Riley levanta a mochila preta surrada que deixei caída no chão, abre-a e tira de dentro a faca de carne. Seus pés descalços praticamente não fazem nenhum barulho enquanto ela caminha pelo corredor com as costas apoiadas na parede, para impedir o assoalho de ranger. Lembro de todas aquelas fileiras de pregos presos nas molduras das janelas. É impossível Brooklyn conseguir retirá-los antes de chegarmos ao andar de cima. Preciso atrasar Riley.

— Depressa! — diz ela, num sussurro irritado. Riley começa a subir a escada, mas, quando chega no patamar, para e inclina a cabeça de lado.

Eu também ouvi: é uma risada. No começo, baixinha, mas depois borbulha num riso sarcástico e de repente para. Eu me viro para procurar Alexis, porém atrás de mim o corredor está vazio. Ela já deve ter entrado em outro quarto.

— Vá checar como a Lexie está — diz Riley. O topo de sua cabeça some de vista enquanto ela segue para o primeiro andar.

Sigo arrastando os pés até ficar na frente de uma janela no fim do corredor, ao lado do plástico fosco que pende do teto. Pelo canto do olho vejo alguma coisa deslizar pelo chão e me viro. Uma corda cheia de nós oscila presa ao teto, lançando uma sombra que cobre o chão à medida que ela balança para frente e para trás, para frente e para trás. Estico a mão pra parar a corda, depois inclino a cabeça para ver aonde ela vai dar. Numa porta bem acima de mim. O sótão.

O plástico se agita, embora não haja nenhum vento.

— Brooklyn? — Eu me viro, tentando escutar o som de alguma respiração, mas só consigo ouvir o meu próprio coração batendo com força. As sombras borradas entre o plástico e a parede inacabada parecem grandes o suficiente para esconder uma pessoa. Eu me aproximo, meu tênis faz o assoalho ranger. Levanto a mão e seguro o plástico.

Alguém ri. Eu me viro tão depressa que perco o equilíbrio e bato contra a janela atrás de mim. A vidraça estremece, e por um segundo tenho certeza de que irá se quebrar: mas não. Sinto o vidro gelado contra meus braços nus.

O corredor vazio cai em silêncio, então novamente surge a risada. De início, baixa; depois ofegante, histérica. Vem do quarto à minha frente. Ando de fininho até lá e abro a porta.

Alexis está sozinha no quarto vazio, seus olhos arregalados e vazios fixos em algum ponto na parede à sua frente. Ela está equilibrada nas laterais dos pés, os dedos curvados para dentro como garras. A sola de seus pés está manchada de sangue.

Rindo baixinho sozinha, ela enrola uma longa mecha de cabelo loiro em volta do seu dedo, cada vez mais forte, até a ponta do dedo ficar azulada.

Então puxa o cabelo, e a mecha sai inteira da sua cabeça.

Sufoco um grito, cobrindo a boca com as mãos. Alexis vira a cabeça devagar, como se tivesse acabado de perceber minha presença.

— Não é engraçado? — Ela abre os dedos e o cacho flutua para baixo, aterrissando num monte de cabelo a seus pés. Mechas cacheadas cobrem o chão como pequeninos sinais de interrogação loiros.

— O que é engraçado, Alexis? — Engulo em seco, me obrigando a não olhar para o cabelo no chão.

— A gente vai morrer aqui — responde ela, com voz rouca. — Todas nós. Vamos morrer aos berros.

Um arrepio desce pela minha espinha. A porta atrás de mim se abre com força, batendo na parede com um estrondo. Respiro fundo ao me virar, para não demonstrar o quanto me sinto aterrorizada.

Riley está parada no corredor. Com uma das mãos segura o batente da porta, a outra está paralela à perna, agarrada à faca. Há sangue seco na barra de sua calça jeans. Ela olha para o monte de cabelo ao lado dos pés descalços de Alexis, mas não diz nada.

— Já encontrou a Brooklyn? — pergunta Alexis. Riley bate de leve a faca de carne em sua perna.

— Lá embaixo ela não está. — Riley tira a mão do batente e vai ao corredor para olhar pela janela. — Grace acha que...

Uma das vigas do teto range acima de nós.

— O que foi isso? — sussurro.

— Ela está no teto. — Alexis pousa a mão gelada no meu braço. Há cabelo loiro preso nas pontas de seus dedos. — Como ela foi parar lá em cima?

A porta do sótão se abre com um rangido. Riley dá um pulo e a faca cai no chão com um ruído metálico. O cabo desliza para baixo do plástico às suas costas.

Solto um palavrão baixinho e trombo com Alexis. Ela solta uma série de risinhos que mais parecem os de um psicopata e enrola outra mecha de cabelo loiro no dedo. A porta do sótão oscila para um lado e para o outro, as dobradiças rangendo.

— Não tem ninguém aí — diz Riley, ofegante, e o alívio toma conta de seu rosto. Ela se ajoelha e corre desajeitadamente as mãos trêmulas pelo assoalho. Fita a abertura escura do teto que leva ao sótão enquanto tateia em busca da faca. Eu também fico de olho naquela porta, imaginando que Brooklyn pode pular em cima de nós a qualquer momento. O cabelo da minha nuca se arrepia.

Pelo canto do olho, vejo um vulto surgir por trás do plástico que recobre as paredes.

Antes que eu possa esboçar alguma reação, Brooklyn arranca o plástico do teto e bate com ele no rosto de Riley, que solta um berro; Brooklyn aperta o plástico em torno de sua cabeça e a atira no chão. Prende o braço de Riley no assoalho com um dos ombros, enquanto aperta com mais força o plástico em torno da sua cabeça.

— Socorro! — berra Riley, sugando o plástico. Seus dedos encontram a faca e ela a agita a esmo, enlouquecidamente.

Brooklyn dá um tapa com toda a força no rosto de Riley e tenta tirar a faca de sua mão, mas Riley a segura firme e continua golpeando o ar, cega por causa do plástico fosco que cobre seu rosto. Cerrando os dentes, Brooklyn dá uma cotovelada violenta no punho de Riley. A garota solta um palavrão e seus dedos soltam o cabo da faca. Brooklyn tenta apanhá-la de novo, e dessa vez consegue.

— Fique longe dela! — Alexis corre em direção às duas exatamente quando Brooklyn se põe de pé com esforço, segurando a faca diante do corpo. Alexis estaca, depois recua um passo.

— Nem pense em encostar um dedo em mim! — berra Brooklyn. Agora que ela não está mais se engalfinhando com Riley no chão, percebo o quanto está detonada. Suas roupas estão encharcadas e ensanguentadas, seu cabelo espetado em mechas úmidas. O papel higiênico que envolvia seu dedo mindinho sumiu, revelando o toco avermelhado na ponta. A água suja da banheira lavou o sangue da sua pele, mas isso só tornou mais visíveis os cortes profundos e feios em seu rosto, suas pernas e seus braços. Hematomas roxos desabrocham em suas bochechas como flores.

Levanto os dois braços, num sinal de rendição, e tento olhar Brooklyn nos olhos. Eles se agitam, nervosamente, como se fossem os olhos de um animal selvagem, mas ela segura a faca com firmeza.

— Brooklyn. — Dou um passo na direção dela, mas ela tenta me golpear com a faca. Este é o momento que eu esperava desde que Riley nos trancou no porão. O poder mudou de mãos. Podemos finalmente dar o fora. — Brooklyn, por favor. Eu...

Riley arranca o plástico do rosto e se apoia num dos cotovelos, depois dá uma rasteira em Brooklyn. A garota cai para trás e bate na parede com força. A faca escapa de sua mão e cai no assoalho. Riley se põe de pé num pulo, corre até Brooklyn e atinge sua barriga com o ombro. Brooklyn dá um jeito de recuperar o equilíbrio, e as duas garotas se engalfinham, seguindo em direção à escada. Quando Brooklyn começa a cair para trás, Riley tenta se desvencilhar, mas ela a segura pelo cabelo e as duas caem juntas. Por um instante cambaleiam na beira da escadaria, mas em seguida descem aos trambolhões, num emaranhado de braços e pernas.

Corro até lá, com Alexis logo atrás de mim. As duas garotas atingem o patamar juntas, e então Riley consegue se desvencilhar de Brooklyn. Brooklyn tenta se levantar, mas Riley lhe dá um chute no peito, fazendo com que ela despenque pelo resto da escada sozinha. Corro na direção delas, mas, antes de eu chegar ao patamar, Brooklyn atinge o chão, rolando, e fica deitada, imóvel.

Riley se apoia num dos cotovelos, com a respiração entrecortada. Seu cabelo está molhado de suor, alisado para trás, e um novo hematoma se forma em seu maxilar. Alexis se ajoelha ao seu lado.

— Tá doendo? — pergunta. Ela tenta tocar o hematoma, mas Riley dá um tapa em sua mão e a olha carrancuda. Eu rodeio as duas e começo a descer os degraus.

O braço de Brooklyn está torcido para trás, as pernas enroladas sob seu corpo em ângulos estranhos, antinaturais. Os degraus inferiores estão manchados de sangue. Seguro no corrimão enquanto desço até lá. Riley diz alguma coisa, mas suas palavras se borram antes de alcançarem meus ouvidos. Estou completamente concentrada em Brooklyn. Observo seus olhos, rezando para que se abram. Mas eles permanecem imóveis.

Na metade do caminho, noto Grace ao lado da parede. Está tão escuro que seu moletom e seu jeans escuro se misturam às sombras e não consigo ver a expressão do seu rosto. Ela deve ter me ouvido descendo a escada, porque tira os olhos do corpo de Brooklyn e me encara.

– Acho que ela morreu – declara Grace.

CAPÍTULO QUINZE

— Não, ela não morreu. — Riley se levanta e atravessa mancando o patamar da escada. — Grace, me ajude a carregar Brooklyn.

Grace olha para o corpo da garota. Seu lábio inferior treme.

— Eu... eu não...

— É melhor a gente chamar a polícia — interrompo. — Ou uma ambulância. Ela pode ter... — Minha voz falha, não querendo dizer a palavra *morrido* em voz alta. — Ela pode ter se machucado seriamente.

Riley faz uma careta de dor ao transferir o peso do corpo para a perna esquerda e começa a descer as escadas, apoiando-se com força no corrimão. Para ao meu lado, hesitante, e abaixa a voz para que as outras garotas não ouçam:

— E o que a gente vai dizer pra polícia? Que a garota que a gente estava torturando caiu sem querer na escada?

Ela diz aquilo de um jeito tão direto que levo um instante para absorver aquelas palavras. Sinto o cheiro de vinho no hálito de Riley, mas não a olho nos olhos.

— Você também estava lá, Sofia — continua ela. — Acha que *alguém* vai acreditar que você é inocente só porque tentou não machucar Brooklyn quando atirou fósforos nas pernas nuas dela?

— Você percebeu? — pergunto.

— Eu percebo tudo. Vá lavar o rosto. Alexis, Grace e eu vamos levar Brooklyn para cima.

A ideia de lavar o rosto com aquela água marrom enlameada faz meu estômago se revirar, mas eu subo a escada mesmo assim. Preciso ficar longe de Riley.

Na escada eu cruzo com Alexis. Ela inclina a cabeça para o lado, como se estivesse escutando alguma coisa que eu não consigo ouvir. Há uma mancha vermelho-vivo no couro cabeludo atrás da sua orelha, do lugar onde ela arrancou cabelo.

Passo por ela sem dizer uma palavra e vou até a suíte principal, mas, quando seguro a maçaneta, mudo de ideia. Não quero entrar no banheiro onde Brooklyn quase morreu afogada. Continuo em frente pelo corredor e vou abrindo as portas até encontrar outro banheiro. Entro e tranco a porta, virando a maçaneta o mais silenciosamente possível para que Riley não me escute lá do andar de baixo.

Agora, com uma porta trancada a me separar de Riley, eu me sinto mais segura do que em muitas horas. Fecho os olhos com força e recosto a cabeça na madeira, mas preciso enfiar os dentes no meu lábio inferior para não soluçar alto. Todo o medo e o nervosismo e a ansiedade borbulham dentro de mim, e fecho as mãos com força. Isso repuxa a pele esfolada dos nós dos meus dedos e faz as cutículas destruídas ao redor das minhas unhas doerem, lembrando o motivo de eu estar aqui, para começo de conversa. Abaixo as mãos e respiro fundo duas vezes, trêmula.

Não tem espelho sobre a pia, apenas o espaço vazio e branco. Provavelmente é melhor assim, penso, enquanto abro e fecho a torneira. Não quero saber qual a minha aparência depois de passar a noite num porão sangrento e enfumaçado. Olho de novo por cima do meu ombro, e de novo, para ter certeza de que a banheira continua vazia. De costas para ela, eu me vejo lembrando de Brooklyn sentada ali dentro, da água sangrenta e lamacenta escorrendo do seu cabelo.

Demora um pouco para que a torneira cuspa a água para fora, e dessa vez não sai lamacenta e espessa, só um pouquinho marrom. Lavo as mãos, estremecendo de dor quando a água atinge os nós de meus dedos e minhas cutículas.

Ao lado da pia tem um elástico de cabelo, rosa, com uma mecha de cabelo castanho. Eu o atiro no chão, imaginando se haverá algum lugar nessa casa onde Riley não foi. Volto a colocar as mãos embaixo da torneira, e, depois de um instante, a sensação passa a ser boa. Fecho os olhos, sem tirar as mãos do fluxo de água, até o frio deixá-las dormentes.

Fecho a torneira e abro os olhos mais uma vez, olhando para a pia. Justamente nesse momento uma cigarra enfia a cabeça para fora do ralo. Eu sufoco um berro e recuo para trás tão desajeitadamente que meus pés batem na banheira e eu preciso me segurar na parede para não cair ali dentro. A cigarra rasteja para fora do ralo e abre as asas na pia.

Alguém bate na porta.

— Sofia! Depressa, precisamos da sua ajuda.

Empertigo o corpo, destranco a porta e a abro, ainda com um olho na cigarra que se arrasta pela bancada da pia, enquanto saio para o corredor. Minha pele formiga quando fecho a porta atrás de mim.

— Cuidado com a cabeça — diz Alexis, e eu me abaixo para sair do caminho quando ela desliza uma escada para fora da abertura do teto. Atrás dela, Grace e Riley arrastam Brooklyn pelos braços corredor abaixo. Observo a garota procurando sinais de que ela esteja prestes a despertar, mas ela não se move.

Riley para ao pé da escada. Solta o braço de Brooklyn e ouço um ruído seco quando ele cai no chão.

— Sof, você precisa segurar o peito dela para subir — diz Riley, apontando para o sótão. — Eu e Grace vamos segurar as pernas.

— Você quer levá-la pro sótão? — pergunto. O sótão é escuro; mais do que o porão ou do que o corredor ao lado da cozinha. Duvido que tenha alguma janela.

— O porão estava ficando muito enfumaçado — diz Riley, torcendo o nariz. — E o sótão tem uma tranca boa, portanto não vamos correr nenhum risco de ela fugir de novo. Lexie, você não quer ir lá embaixo e trazer as velas? Assim vamos ter luz.

Obediente como sempre, Alexis concorda. Seus pés descalços fazem barulho enquanto ela desce em direção ao corredor. Riley segura uma das pernas de Brooklyn e Grace se adianta para fazer o mesmo com a outra perna.

— Sof — diz Riley, apontando com a cabeça para o peito de Brooklyn. — Precisamos da sua ajuda.

Com relutância, abraço o tronco de Brooklyn e levanto-a do chão. Minhas mãos apertam seu peito com força, e sinto o *tum tum* fraco das batidas de seu coração logo abaixo da sua caixa torácica. Sou inundada por uma onda de alívio. Ela está viva.

Nós três subimos a escada devagar, parando de tempos em tempos para redistribuir o peso de Brooklyn entre a gente. A escada do sótão é íngreme demais para subir de costas sem se segurar em nada, portanto com um dos braços seguro o peito de Brooklyn e com o outro seguro o corrimão decrépito preso na escada. Brooklyn não é pesada, mas apesar disso seu corpo ameaça deslizar da minha mão.

Finalmente conseguimos subir até o sótão. Vigas de madeira crua e isolamento térmico cor-de-rosa formam as paredes, e o teto se inclina para o alto num ângulo agudo. Nos cantos há pilhas de revistas *Vogue* desbotadas, ao lado de sacos ziploc com vidrinhos de esmalte e uma chapinha velha. Garrafas vazias de cerveja e de vinho tomam conta de toda uma parede do sótão, organizadas por altura.

— O que é isso tudo? — pergunto, ofegante, enquanto arrastamos Brooklyn para fora da escada e a deitamos no piso sem acabamento. Riley olha para mim e dá de ombros.

— Venho pra cá sozinha às vezes — responde ela. — Só pra dar um tempo lá de casa.

Pelo jeito, ela vem sempre para cá. Eu continuo de cabeça abaixada até levarmos Brooklyn para o centro do sótão, onde uma viga espessa de madeira se projeta do chão. Então me recosto em outra viga, exausta pelo esforço da subida. A janelinha redonda na parede em frente dá para a rua principal.

Olho de relance pela janela, ainda torcendo para Josh ter recebido minha mensagem e estar a caminho daqui. Mas a rua está vazia, e nuvens negras ameaçadoras cobrem a lua, banhando tudo de trevas.

— Grace, me passe essa corda — diz Riley, apontando para uma caixa de ferramentas de metal encostada na parede. Ao lado da caixa de ferramentas está a pistola de pregos amarelo-vivo que ela usou para fechar a porta do banheiro quando eu tentei escapar. Olho para a pistola, imaginando por que Riley a trouxe até aqui.

Riley encosta o corpo de Brooklyn na viga e, quando Grace lhe entrega a corda, começa a amarrar o corpo da garota, até haver uma camada espessa sobre ele. A cabeça de Brooklyn oscila para a frente e seu queixo fica apoiado no peito.

— Pronto — diz Riley, dando um nó na corda atrás de Brooklyn. — Deve ser o suficiente.

— Esquecemos a mochila lá embaixo — diz Grace, parada ao lado da escada, ainda segurando o corrimão com uma das mãos. — Vou pegar.

Grace desce os degraus. Quando a cabeça dela desaparece de vista, Riley vira-se para mim, mas antes que ela possa dizer alguma coisa um ruído agudo ecoa pela casa. A campainha. O rosto de Riley se enrijece. Meu coração dá um pulo no peito: Josh.

Riley vai apressada até a escada e começa a descer, tão depressa que a madeira desconjuntada range e geme com seu peso. Vou até a escada também, mas Riley desce o resto dos degraus com um pulo. Segura o último degrau e começa a deslizar a escada de volta pro seu lugar.

— Fique de olho nela! — grita para mim.

— Espere! — berro, enquanto Riley continua empurrando a escada para cima. A porta se fecha e ouço um clique quando ela a tranca. — Riley! — grito, batendo no piso. Tento acionar a alavanca para liberar a escada, mas ela não cede. A campainha toca novamente. Passos pesados descem a escada correndo.

Merda, penso comigo mesma. Ela fez isso de propósito. Eu me ponho de pé e atravesso o sótão correndo, até a janela. Pressiono o rosto no vidro e me esforço para enxergar a rua. Uma picape vermelho-vivo está estacionada no meio-fio. Alguém está no banco da frente, com o braço apoiado na janela aberta.

Reconheço imediatamente a camiseta amassada.

— Charlie! — Bato a mão espalmada com força na janela, esperando quebrar o vidro. — Charlie! — Minha voz começa a ficar rouca, mas não estou nem aí; grito assim mesmo. — Olha pra cima! Olha pra cima!

A porta da frente da casa se abre e ouço vozes baixas logo abaixo de mim. Se Charlie me escutou, não demonstra nada. Olha para o relógio de pulso e depois faz um gesto impaciente para Josh, que está diante da porta da casa. As vozes ficam mais altas — parece que ele e Riley estão discutindo. Eu fecho a mão em punho e bato no vidro, que treme, mas não quebra.

— Sofia? — A voz é fraca e rouca. Paro de bater no vidro e me viro. Brooklyn levanta a cabeça e seus olhos se abrem, as pálpebras trêmulas.

— Você acordou! — Eu me agacho ao lado de Brooklyn e observo seu rosto. Ela estremece de dor e tenta mexer o braço, mas a corda a prende com firmeza.

— Merda! — xinga, puxando a corda. — Onde estou?

— No sótão. — Eu vou engatinhando até ela e tento puxar a corda para soltá-la, mas ela está amarrada com muita força nas costas dela. — Estamos presas aqui.

Lá fora, ouço o barulho do motor de um carro.

— Não. — Eu me levanto e me viro para olhar pela janela. Um clarão branco atravessa a rua quando o farol da picape se acende. Pressiono o rosto no vidro bem a tempo de ver a picape afastar-se da casa.

— Não! — Dou um soco na parede com força. Lágrimas de desespero, de frustração, fazem meus olhos arderem. — Não! — grito de novo. — Voltem!

— Sofia? — Brooklyn se mexe no chão, fazendo gemer a corda que a amarra. Fraca demais para responder alguma coisa, eu sento no chão e reprimo o choro.

— Josh e Charlie vieram — explico. — Mas agora foram embora.

Brooklyn vira a cabeça para o lado. Seus olhos percorrem o sótão, analisando as garrafas antigas e as revistas com marcas de orelhas. Ela torce o nariz. — E Riley e as outras? Onde estão?

— Lá embaixo.

Brooklyn arregala os olhos.

— Quer dizer que estamos sozinhas?

Indico a porta atrás dela.

— É, mas trancadas aqui dentro.

— Portas de sótão como essa aí se travam automaticamente, mas existe um truque para liberar a trava. — Com o queixo, Brooklyn indica as cordas. — Se você me desamarrar eu te mostro.

Observo as coisas velhas de Riley enquanto atravesso o sótão para me aproximar de Brooklyn. A boneca de porcelana de Riley está sentada ao lado de um CD player cor-de-rosa velho. Há agora uma rachadura entre os olhos da boneca, parecida com uma cicatriz. Estremeço, completamente assustada.

Eu me agacho ao lado de Brooklyn e começo a desfazer os nós que a amarram à viga. Atrás de mim, ouço um clique.

— "Shout to the... Shout to the... Shout to the..." — As palavras enchem cada cantinho do sótão, ecoando nas vigas expostas.

Eu me levanto e dou um passo cambaleante para trás.

— Que porra é essa?

— É aquele CD player — diz Brooklyn, analisando alguma coisa atrás de mim. — Você deve ter chutado esse treco.

— "Shout... shout... shout..."

Eu me viro, agarro o CD player e pressiono o botão de ligar. Assim que a música para, escuto outra coisa: o som de alguma coisa arranhando. Vem do canto.

— Tá ouvindo isso? — pergunto, indo em direção ao som, que então para.

— Devem ser só ratos — diz Brooklyn, mexendo-se no chão. — Sof, vamos, você precisa me desamarrar.

— Certo. — Balanço a cabeça e corro novamente até ela. — Lá embaixo, no porão — digo, enquanto desfaço os nós. — Você falou que empurrou aquele professor da escada.

— *É mentira* — insiste Brooklyn. — Tudo o que eu "confessei" era mentira. Achei que Riley me soltaria se eu entrasse no jogo dela.

— Eu sabia — digo, e uma onda de alívio me inunda. Enfio os dedos no nó, mas não consigo soltá-lo. Frustrada, volto a me sentar nos calcanhares. — Preciso de uma tesoura ou... — Vejo a caixa de ferramentas embaixo da janela e tenho uma ideia. Corro até lá e remexo o interior da caixa até encontrar um dos pregos compridos e ligeiramente curvos. — Talvez funcione.

Eu me agacho ao lado de Brooklyn novamente e tento enfiar o prego no nó. Consigo desatá-lo um pouquinho antes que o prego suado escorregue dos meus dedos. Solto um palavrão baixinho e tateio pelo assoalho, procurando o prego caído.

Sons de algo arranhando no canto, dessa vez mais alto. Brooklyn fica tensa sob a corda.

— Que rato gigante — sussurra. O barulho para, e o sótão cai de novo em silêncio.

Encontro o prego e me levanto, aproximando-me do barulho. Vem do canto mais distante, bem em cima do quarto vazio onde Alexis estava puxando seu próprio cabelo.

O chão ali está vazio. É meio estranho: há revistas e cosméticos de Riley por toda a parte. Menos ali.

Eu me ajoelho no chão ao lado da parede.

— Tem alguma coisa aí? — diz Brooklyn com irritação. Levo um dedo aos lábios, para silenciá-la. Tem algo, sim, mas seu barulho é tão baixo que eu não conseguia escutar do outro lado do sótão. Um som rascante, que não consigo identificar direito o que pode ser.

Eu me inclino na parede e pressiono o ouvido na madeira. Então reconheço o som.

É uma respiração.

Afasto o rosto da parede e recuo depressa, movida por um instinto de sobrevivência animalesco. Todo o meu corpo se tensiona para correr.

Então meu cérebro entende. Tem alguém escondido ali atrás, observando a gente. Estreito os olhos e apoio uma das mãos na parede. Está escuro demais para enxergar alguma coisa, mas sinto a madeira se mover. Uma porta.

— Sofia, que merda está acontecendo aí? — diz Brooklyn, num sussurro irritado. Eu enfio o prego torto na abertura estreita. A porta range e se abre, revelando um espaço apertado e escuro. Dois olhos piscam nas trevas. Tomo um susto quando Grace entra no sótão mal-iluminado, com a pele pálida e suor acumulado abaixo da linha do seu couro cabeludo.

— Grace, você quase me matou de susto! — exclamo.

— Riley me obrigou a fazer isso — sussurra, antes que eu possa ter a chance de perguntar o que ela está fazendo. — Ela queria saber o que você faria se ficasse sozinha.

Minha garganta fica seca.

— Por quê? — pergunto. O som da porta do sótão se abrindo nos interrompe, e Riley aparece no alto da escada. Olha para as cordas de Brooklyn e para o prego torto na minha mão.

— Por que você acha? — pergunta ela.

CAPÍTULO DEZESSEIS

Eu recuo do esconderijo apertado de Grace e deixo o prego cair. Ele bate no chão com um ruído metálico baixinho, depois rola e para ao lado do joelho de Brooklyn. Riley segue o prego com os olhos.

— O que você estava fazendo, hein, Sofia? — pergunta. Grace engatinha para fora do esconderijo e caminha ao longo da parede dos fundos até a alcova ao lado da porta.

Brooklyn deita-se de novo contra o pilar e seu rosto desaba quando a esperança o abandona. Suas faces ficam encovadas. Seu cabelo está espetado em mechas que se projetam de sua cabeça como espinhos.

— Me solte — sussurra ela, enfiando as unhas no assoalho de madeira. — Por favor.

Riley a ignora.

— Você ia desamarrar Brooklyn — ela me acusa, aproximando-se de mim. Brooklyn sufoca um grito, soltando jatos de ar entrecortados que fazem seu peito arfar. Uma lágrima arrasta-se pelo seu rosto.

A escuridão do sótão pinta de negro e cinza o rosto de Riley. Suas faces e olhos parecem ocos, a pele pálida. Eu me afasto dela, mas a parede onde está a janela fica logo atrás de mim. Lá fora, o vento uiva.

— Riley, eu...

— Você ia soltar Brooklyn! — Riley me dá um tapa no rosto. Sufoco um grito enquanto a dor se espalha pelas minhas bochechas. Grace estremece e olha para baixo. Não quer me olhar nos olhos.

— O que você achou que ia acontecer, hein? — continua Riley. — Achou que você e Brooklyn iam descer a escada correndo e fugir com seus namorados?

— Por favor — implora Brooklyn, e naquele segundo eu a odeio. *Eu* é que quero chorar e desmoronar. Mas, em vez disso, olho nos olhos gélidos e vazios de Riley e tento ser forte. Brooklyn inspira fundo e murmura as palavras sem soltar nenhum som. *Por favor.*

Riley me dá outro tapa. Eu estremeço de dor com o impacto de sua mão.

— Você pensa que eu não sabia que você tinha mandado mensagem pra eles? Que não ouvi você mexendo no celular lá no porão? Eu sei de tudo, Sofia!

Como?, tenho vontade de perguntar. *Como você consegue ver tudo, saber de tudo?* Eu me pergunto por um instante se ela não instalou câmeras de segurança quando fechou todas as janelas com pregos, mas nem isso explicaria como ela parece ver o que acontece dentro da minha cabeça, como ela sabe o que estou pensando e sentindo.

— Riley — ofego, levando a mão ao rosto. — Eu...

— Cala a boca! Não percebe? Deus queria que isso tudo acontecesse. Ele queria que você falhasse, para você entender que o único jeito de sair desta casa é através *Dele*. — O rosto de Riley se contorce e ela cai de joelhos. — Eu sabia que isso ia acontecer — diz, as mãos tremendo quando ela as levanta até o rosto. — Eu tentei manter a gente unida, mas eu sabia, *sabia* que uma de nós falharia! Agora eu preciso trazer você de volta.

Observo Riley por um longo momento antes de perceber que ela está chorando. Brooklyn olha para os ombros de Riley, que se sacodem, e seus olhos refletem a mesma raiva que senti momentos atrás. Riley não merece chorar. Ela não fez por mal.

Um brilho amarelo cálido aparece na porta do sótão. A escada range e o brilho se aproxima. Riley endireita as costas e enxuga os olhos. Alexis surge na escada, segurando uma grossa vela branca.

— Cadê a faca? — pergunta Riley, com a voz firme. A pele em torno de seus olhos está ligeiramente vermelha, mas fora isso não há o menor sinal de que ela estava chorando.

— Lá embaixo, na mochila. — Alexis pousa a vela no chão à esquerda da escada e começa a subir para o sótão. A luz tremeluzente enche o sótão de sombras.

— Vá pegar! — ordena Riley irritada, levantando-se. Ela começa a andar de um lado para o outro, e sua calça jeans dura e manchada de sangue faz ruídos rascantes, como o de papel seco se arrastando pelo chão. Ela olha para Grace. — Vocês duas. Preciso de um minutinho a sós com Sofia.

— Não vá embora — digo. Assim que as palavras saem da minha boca, sei que cometi um erro. Riley para de andar e me olha tão feio que poderia queimar minha pele.

— O que está acontecendo aqui? — pergunta Alexis, ao lado da escada. Ela olha de mim pra Riley e depois pra Grace.

— Por favor — digo, mas agora estou olhando para Riley. Eu me dou conta de que Riley não é capaz de sentir dor. Riley não é capaz de sentir nada.

— Vá pegar a faca — repete ela. Alexis franze a testa, mas volta a descer a escada mesmo assim. Grace vai atrás dela, arrastando os pés. Só percebo que estiquei o braço tentando impedir que elas saíssem depois que elas se foram. Minha mão paira no ar, vazia.

— Você está deixando o diabo te manipular. — Riley dá as costas para mim, falando sozinha agora. — Foi por isso que mandou a mensagem para Josh, por isso ia soltar Brooklyn. Essa é a única explicação.

— Riley... — começo a dizer, mas ela me interrompe.

— Satanás se alimenta de sua fraqueza, Sofia! Você não enxerga como Brooklyn está agindo sobre você? Como ela está te usando? É isso o que o demônio faz!

A voz de Riley agora é um grito histérico, que ecoa pelas paredes do sótão. Ela para de caminhar e leva as mãos à cabeça, correndo os dedos pelo cabelo, que se solta do rabo de cavalo e se espalha ao redor do seu rosto, arrepiado.

— Riley — digo, me aproximando da escada. Tento fazer com que minha voz saia o mais reconfortante possível. — Riley, eu não estou possuída pelo demônio. Você precisa se acalmar.

— Me acalmar? — Riley tropeça na perna de Brooklyn ao correr depressa para barrar a minha passagem até a porta.

Brooklyn não move um músculo, simplesmente nos observa com olhos arregalados, curiosos. — Como é que eu posso me acalmar, me diga, Sofia? Tentamos tudo. Tudo! Nada funcionou. E você ia simplesmente deixar ela ir embora!

A escada range e Alexis entra no sótão de novo, com Grace logo atrás. Ela está segurando uma caixa de barrinhas de cereal, a mochila preta pende sobre um dos seus ombros.

— Me dá isso. — Riley arranca a mochila do braço de Grace e a abre violentamente. O zíper prateado se solta e cai no chão. Grace se afasta de Riley, esfregando o ombro. Riley apanha a faca e solta a mochila. Com a mão trêmula, levanta a faca diante do corpo. A lâmina treme também.

— Sofia nos traiu. — Os olhos dela encontram os meus e um pavor gelado se arrasta pelos meus ossos. Ela dá um passo à frente, gesticulando com a faca enquanto fala. — Ela tentou soltar Brooklyn.

— Riley, espera. — Levanto as mãos na frente do meu peito, trombando com a parede atrás de mim. Não consigo tirar os olhos da faca. Ela parece diferente, de alguma maneira, como se estivesse me observando. É a mesma que Riley usou para cortar a ponta do dedo de Brooklyn, a mesma que abriu sua pele e manchou o chão com seu sangue. Agora ela tem sede de sangue.

— O que você está fazendo? — sussurra Grace. Riley empurra a ponta da lâmina no meu peito. Imagino-a enfiando a faca no meu corpo, e minha cabeça roda. Coloco uma mão espalmada na parede atrás de mim para me apoiar.

— Não sei. O que se faz com pecadores?

A faca pisca para mim, ou talvez seja apenas a luz que se reflete em sua lâmina. Fecho os olhos com força. Estou apenas amedrontada, imaginando coisas. Mas então abro os olhos e Brooklyn está olhando para mim, com olhos vermelhos, cintilantes. Ela passa a língua nos lábios, espalhando sangue pela sua boca. Sua voz ecoa em minha cabeça: *Agora você renasceu.*

Pisco e os olhos de Brooklyn voltam ao normal de novo; não tem nenhum sangue em sua boca. Seu lábio inferior treme enquanto ela me observa.

Riley abaixa a faca do meu peito e a pousa logo abaixo do meu pulso.

— No Velho Testamento, quando o povo de Deus pecava, decepavam a parte do corpo que tinha cometido o pecado contra Ele — diz ela. — Esta é a mão que pecou contra o seu Deus. Você está disposta a sacrificar essa mão, se for a vontade do Senhor?

A lâmina pinica minha pele. Brooklyn fecha a mão em punho, mas a única coisa que eu vejo é o toco ensanguentado onde deveria estar o dedo. O medo borbulha dentro de mim.

— Riley, não. *Por favor.* — Fecho os olhos com força, e lágrimas escorrem pelo meu rosto. Eu me lembro de Brooklyn gritando no porão e do som nauseante da sua carne caindo no chão. Tento respirar, mas é como se as mãos de alguém estivessem apertando meus pulmões. Eu me esforço para inspirar, e minhas lágrimas logo se transformam em soluços horrorosos. — Não faça isso, por favor, não faça isso.

De repente a lâmina fria não está mais pressionando o meu pulso. Algo cai com um estrondo no chão e então Riley abraça meu pescoço, puxando-me para perto de si. Ela esfrega a mão em minhas costas, em círculos.

— Shhh, Sofia, tá tudo bem — sussurra, me apertando com mais força. — Tá tudo bem, não vou machucar você.

Abraço Riley sem pensar e abaixo a cabeça em seu ombro. O alívio inunda meu corpo como um unguento, acalmando a histeria em minha mente, apagando as coisas malucas que pensei ter visto. Riley leva a mão para a minha nuca e alisa meu cabelo.

— Você precisa lutar contra o poder de Satanás — implora. — Preciso de sua ajuda nisso aqui. Ainda podemos ajudar Brooklyn, Sofia.

— Como? — pergunto, com a cabeça ainda encostada em seu pescoço. Eu me afasto dela e enxugo as lágrimas do meu rosto com as costas da mão.

Por um instante ninguém diz uma única palavra. Olho de Riley para Grace, depois para Alexis, mas os rostos delas estão inexpressivos.

— Vocês não se humilharam. — A voz de Brooklyn corta o silêncio. Riley se vira, e Brooklyn lhe dá um sorriso perverso. Eu me lembro de seus olhos cintilando com um brilho vermelho, sua boca escura de sangue, mas me obrigo a deixar de lado essa imagem. Não era verdade, era apenas um truque que meu medo pregou em mim.

Alexis se afasta um passo da escada.

— Do que você está falando? — pergunta.

— De seus pecados — diz Brooklyn. Ela inclina o corpo para a frente, puxando as cordas que a amarram ao pilar. — Nenhuma de vocês contou a verdade sobre seus pecados, contou?

CAPÍTULO DEZESSETE

— Ninguém aqui mentiu — declara Riley, depressa demais. Sinto um calor subindo no meu rosto e olho para o chão. *Eu* menti, mas não posso admitir isso agora. Riley quase cortou a minha mão por tentar desamarrar Brooklyn. Nem imagino o que ela seria capaz de decepar se descobrisse que eu menti para Deus.

— Meninas, contem para ela — insiste Riley, com voz irritada e baixa. Alexis olha para os próprios pés para não nos encarar nos olhos. Grace recua até a parede, puxando as mangas do moletom para baixo, até cobrirem as mãos.

— Elas não foram as únicas que mentiram, Riley. — O rosto de Brooklyn é inexpressivo, mas seu tom parece divertido.

O rosto de Riley se endurece.

— *Eu* não menti — insiste.

— Mas não contou toda a verdade — diz Alexis, fechando as mãos na frente do corpo. As pontas do seu cabelo roçam seus dedos. — Ninguém aqui contou toda a verdade.

— Isso quer dizer que você deseja começar? — pergunta Brooklyn. Alexis enrola uma mecha de cabelo ao redor do dedo e não fala nada. — Que tal você, Riley?

— Cala a boca — diz Riley, olhando para a faca caída no chão. Mas não se move para apanhá-la, nem ameaça Brooklyn. — Eu contei a verdade — insiste de novo.

— Ah. E a Grace? — Brooklyn procura por Grace nas sombras do canto do sótão. — Você confessou toda a verdade sobre seu viciozinho?

Os olhos de Grace pousam primeiro em Alexis e depois em Riley, e finalmente em mim. Ela curva os ombros e quase desaparece dentro do moletom folgado.

— Eu falei que tinha um problema com drogas e tenho mesmo — retruca.

— Ritalina — corrige Brooklyn. — Foi a única coisa que você usou?

— Não. — A voz de Grace falha. Ela apanha a mochila no chão, onde Riley a deixou caída, e tira de lá uma garrafa de vinho. Puxa a rolha e dá um gole.

— Que mais você usou? — pergunta Alexis. Grace toma outro gole.

— Foi só Ritalina no começo — confessa Grace. — Eu só ia tomar um pouquinho pra estudar, como eu disse a vocês. Mas a sensação era tão boa. Era como se meu cérebro parasse, como se tudo ao redor sumisse, menos aquilo que eu estava fazendo. Tudo ficava tão... fácil.

Grace para por um instante e olha de novo pra baixo. Brooklyn tamborila seus coturnos no chão.

— E aí? — insiste Brooklyn. — Não vai parar agora. Você estava quase chegando na parte boa.

Grace agita as mãos em torno da garrafa de vinho, nervosamente. Suas unhas pintadas em um tom azul elétrico se destacam contra o vidro escuro. Olho para elas, lembrando-me de quando eu conheci Grace, de como ela parecia extremamente exótica e descolada. Agora ela está vulnerável, nua.

— Você não precisa contar isso pra gente, Grace — digo.

— Todos nós precisamos nos despir diante de Deus — murmura Riley, olhando fixo, sem expressão, para a parede à sua frente. — Ela precisa contar, sim.

— Todas nós precisamos. — Brooklyn olha para mim ao dizer isso, e agora tenho certeza de que escuto um tom divertido em sua voz. Seus olhos parecem descascar minha pele, enxergar o que existe no meu cérebro, as coisas de que mais me envergonho. Eu me viro de novo para a garrafa de vinho, focando novamente a atenção nas unhas azuis lascadas de Grace.

— Eu devia ter ficado só na Ritalina — diz Grace, quase para si mesma. — Mas então numa manhã encontrei Xanax no banheiro de minha mãe. Era ainda melhor. Depois, tomei o Ambien do meu pai e ecstasy que uma menina da escola me deu.

— Grace, o Senhor te perdoa — declara Riley, apressada. Apanha a garrafa de vinho da mão de Grace e bebe. — Todos nós falhamos. Todos nós.

Grace sorri em meio ao choro. A luz da vela tremula, refletindo as linhas que as lágrimas deixaram em seu rosto. Atrás dela, Brooklyn começa a rir baixinho.

— Tá de sacanagem? — diz. Inclina a cabeça no pilar e começa a gargalhar. — Você *continua* mentindo!

— Grace, conte logo pra ela e pronto. Vamos acabar logo com essa história — diz Alexis. Grace apanha a garrafa de volta das mãos de Riley e a leva aos lábios. Dessa vez, dá um longo gole. Uma gota vermelha escapa da lateral de sua boca e desce pelo seu queixo.

Ofegante, Grace abaixa a garrafa e continua.

— Quando meu irmão quebrou a perna no verão, deixou seus comprimidos de Oxycontin no banheiro, como se não fossem nada demais! Eu era obrigada a ficar olhando para aquilo todo dia de manhã enquanto escovava os dentes. — Grace solta um soluço e toma outro gole de vinho. — O que vocês teriam feito?

Alexis apanha a garrafa da mão de Grace.

— Tudo bem — começa a dizer, mas Grace balança a cabeça.

— Não está tudo bem! — berra. Lágrimas escorrem pelo seu rosto, cada vez mais depressa. Ela torna a soluçar. — Eu quero me curar. Quero ser uma pessoa melhor. Mas... mas eu... — Agora ela não consegue mais falar; está chorando demais. Abaixa o rosto e o esconde entre as mãos, depois afunda o corpo até ficar de joelhos. — Eu quero ser uma pessoa melhor — soluça ela.

Alexis se agacha ao lado de Grace e a abraça.

— Tá tudo bem — murmura em seu ouvido. Riley também atravessa o sótão para se ajoelhar ao lado de Grace. Fecha os olhos, e seus lábios se movem numa prece silenciosa.

Eu faço menção de ir até lá também, mas Brooklyn levanta a cabeça antes que eu possa me agachar ao lado de

Grace. Ela arregala os olhos e inclina a cabeça na direção da menina aos prantos. Está tentando me dizer alguma coisa.

De repente, tudo se encaixa. Grace é viciada, e viciados andam com drogas.

Não admira que Brooklyn estivesse incitando Grace a falar. Drogas significam liberdade – uma chance de fugir. Se Grace realmente tiver trazido comprimidos, posso pôr as mãos neles e colocá-los no vinho que elas estão tomando. Basta colocar o bastante e elas vão desmaiar.

Riley sussurra "Amém", e seus olhos se abrem. Ela apanha o vinho e toma um longo gole, olhando para mim por cima da garrafa.

Contorço o rosto no que espero ser uma expressão compreensiva e vou até ela, passando um dos braços ao redor de seus ombros e o outro ao redor dos de Grace.

– Amém – sussurro.

CAPÍTULO DEZOITO

— Quem é a próxima? — pergunta Brooklyn. Está tentando distraí-las. Se continuarem confessando seus pecados, não vão prestar atenção em mim, e terei tempo para encontrar os comprimidos de Grace.

— Como você sabe disso tudo? — Grace enxuga as lágrimas com a palma da mão ao virar-se para Brooklyn. Alexis se afasta dela, colocando uma mecha de cabelo atrás da orelha.

Brooklyn dá um sorrisinho. Uma ideia maluca atravessa minha cabeça: talvez ela seja capaz de ler mentes. Talvez Brooklyn já saiba de tudo o que fizemos.

— Grace olha para baixo quando está mentindo — retruca Riley antes que Brooklyn possa responder. — Qualquer um percebe.

Grace cora e se levanta. Anda em direção à alcova situada logo depois da área principal do sótão e encosta o corpo na parede, como se estivesse tentando desaparecer dentro da madeira.

Os olhos de Brooklyn pousam nela.

— Saber o quanto vocês todas são umas merdas quase vale ter sido queimada, afogada e torturada sem dó nem piedade — diz ela.

— Quer que eu feche sua boca de novo? — Riley indica a fita isolante caída no chão, mas se inclina para apanhar a garrafa de vinho em vez da fita.

— O que foi, Riley? — geme Brooklyn, lutando para se mexer por baixo das cordas que a prendem. — Tá com medo do que suas amigas vão pensar quando você *realmente* confessar seus pecados?

— Eu já confessei — insiste Riley. Ela afasta um cacho suado da testa com as costas da mão e depois toma um longo gole de vinho.

Corro os olhos pelo sótão enquanto Riley bebe, perguntando-me onde Grace guardaria os comprimidos. Mas as palavras de Brooklyn não me saem da cabeça. *Tá com medo do que suas amigas vão pensar quando você* realmente *confessar seus pecados?*

Afasto aquela pergunta e meus olhos pousam na mochila preta perto da escada. Foi Grace quem trouxe a mochila. Teria sido fácil para ela esconder um frasquinho ali dentro.

— Talvez a próxima então deva ser você, Lexie. — Brooklyn olha agora para Alexis. — Você podia contar pra todo mundo aqui por que sua irmã está num coma.

— Você não sabe do que está falando — retruca Alexis, irritada.

— Eu sei bem mais do que você imagina. — O sorriso malicioso de Brooklyn se aprofunda.

Riley abaixa a garrafa de vinho.

— Do que ela está falando?

Alexis apoia o peso do corpo nos calcanhares e segura um cacho de cabelo, enrolando-o com força ao redor de um dedo. A imagem dela de pé naquele quarto vazio com uma pilha de finos cachos loiros claríssimos aos seus pés, como uma princesa que estivesse presa numa história de terror, me vem à cabeça.

— Ela só está inventando — diz Alexis. A pele em torno de sua unha começa a ficar azulada, mas mesmo assim ela enrola o cabelo com ainda mais força.

Eu me aproximo da escada e da mochila. O nervosismo atiça a minha pele como dedos minúsculos me beliscando, e meu coração bate com toda a força no peito. Eu caminho devagar em direção a Grace, meus pés percorrem um centímetro após o outro do assoalho. Ela cantarola uma música pop baixinho, os olhos fixos no seu sapato.

— Você falou que estava torcendo para ela nunca mais acordar. — Brooklyn deixa que cada palavra paire no ar um instante antes de continuar. — Não é a primeira vez que você desejou que ela morresse, né?

Alexis balança a cabeça.

— Eu nunca desejei isso! — Um som fraco, quase como o de um rasgão, e seu cabelo se solta do dedo. Alexis se levanta desajeitadamente e quase tromba em mim, enquanto caminho devagar encostada à parede atrás dela. Antes que ela possa enrolar outra mecha de cabelo em seu dedo, Riley segura sua mão.

— Conte pra gente o que aconteceu, Lex. — Sem soltar a mão de Alexis, Riley bebe outro gole de vinho. Suas palavras saem ligeiramente emboladas quando ela diz: — Todas nós precisamos admitir nossos pecados diante de Deus.

Grace cantarola mais alto. A lembrança dessa música se atiça dentro de mim, mas ainda não consigo alcançá-la. Grace dá um passo em direção à escada e levanta do chão a mochila preta desbotada, em seguida a abraça junto ao peito como se fosse um ursinho de pelúcia. Eu mordo meu lábio inferior. *Droga!*

— Tá nervosa? — Grace pergunta para mim. Estou tão distraída com a mochila que quase não escuto a pergunta.

— Quê?

— Tá nervosa de ter de contar seu pecado? — Grace cantarola outro verso da música e então eu me lembro de onde a ouvi antes. Foi naquela festa na casa ao lado da linha de trem, onde os caras do futebol americano ficavam na porta dando notas para todas as garotas que entravam. Karen é que me convidou para aquela festa.

— Não — respondo, mas é mentira. Estou nervosa: não por não querer confessar meu pecado, mas porque não desejo revivê-lo. Grace começa a cantarolar de novo, e então é tarde demais. Estou lá, na festa. A casa inteira treme quando um trem passa...

Eu abro caminho, nervosa, pela galera ali dentro, parando na cozinha para pegar um refrigerante. Quando eu me viro, Lila está atrás de mim. Seu cabelo preto cai sobre seus ombros estreitos numa lâmina perfeita e brilhante. Seus lábios pintados de vermelho formam um sorriso cruel.

— Pera um pouco. — Lila franze a testa e olha para meu cabelo. — Tem alguma coisa presa no seu cabelo.

Lila estica a mão e puxa alguma coisa do meu cabelo. Seu sorriso se endurece quando ela retira a mão.

Está segurando um cotonete.

Algumas pessoas atrás dela começam a dar risinhos, mas Lila consegue manter uma cara séria ao perguntar:

— Ora, ora. De onde veio isso, Sebenta?

Mais risadas. Os risos borbulham ao meu redor até eu não conseguir mais saber de onde vêm. Com o rosto ardendo, empurro Lila para o lado e me afasto.

Todo mundo na festa me olha, escondendo o riso com as mãos e com os copos de cerveja. Tento andar, mas a galera que está na minha frente se junta e bloqueia minha passagem.

— Pra onde você vai, Sebenta? — pergunta uma garota com cabelo ruivo arrepiado. Ela atira um cotonete em mim, e ele fica preso no meu suéter.

Outro cotonete atravessa voando a sala e me atinge na face. Um terceiro passa de raspão pelo meu braço. Antes que eu me dê conta, todo mundo está atirando cotonetes em mim e gargalhando. Horrorizada, cubro o rosto com as mãos, mas os cotonetes continuam ficando presos em meu cabelo, nas minhas roupas. Finalmente encontro uma brecha na multidão e forço passagem — e então trombo de cara com Karen.

Ela está ao lado de Erin, segurando uma cerveja.

— Ora, vamos, Sofia — diz ela, sorrindo. — Leva na esportiva.

Olho, atônita, ela levantar a mão e atirar um cotonete em mim. O cotonete quica no meu peito e cai no chão.

— Sofia, tá tudo bem? — Grace deixa cair a mochila. Eu poderia apanhá-la agora, mas em vez disso me encosto na parede. Minha nuca começa a suar.

De olhos fechados, sinto o cheiro de cerveja choca do chão melado daquela casa, ouço as gargalhadas cruéis e o trovejar distante do trem. Depois daquela noite, prometi a mim mesma nunca mais ir a outra festa, nunca mais fazer amizade com garotas que riam da dor dos outros. Agora estou presa num sótão, e a única maneira de conseguir dar o fora daqui é revivendo a pior noite da minha vida.

— Tá tudo bem — respondo, abrindo os olhos devagar. Grace assente, compreensiva, mas não olho para ela: olho para a mochila. Eu estava errada. Existe outra saída. Basta eu encontrar os comprimidos.

A voz de Alexis aumenta de volume e vira um grito.

— Não foi como Brooklyn diz! — Ela olha de Brooklyn para Riley, e seu lábio inferior começa a tremer. — Riley, você sabe como Carly é — implora.

Riley revira o vinho da garrafa, observando o líquido lamber as laterais do vidro.

— Eu sei como vocês duas vivem competindo.

— Exatamente — diz Alexis. — Mas não chega nem a ser uma competição, porque Carly *sempre* ganha. Carly entrou em Stanford e o namorado dela é perfeito. Você faz alguma ideia de como é ser obrigada a ficar ouvindo o tempo todo o quanto ela é maravilhosa?

Alexis soluça e abaixa a cabeça entre as mãos. Seu cabelo cobre seu rosto como uma cortina.

— Vamos, Alexis — diz Riley, e dá outro gole de vinho, depois enxuga a bebida do lábio superior com as costas da mão. — Termine a história. Conte pra gente o que aconteceu.

Fungando, Alexis afasta o cabelo do rosto.

— Foi um acidente, como eu já disse. Carly tem uma alergia fortíssima a amendoim, ela precisa andar sempre com uma EpiPen, uma canetinha de adrenalina autoinjetável. Bom. No ano passado ela e minha mãe fizeram uma dieta do suco detox para se prepararem para um evento beneficente de gala que minha mãe sempre organiza, e a única coisa que as duas podiam comer eram uns *smoothies* nojentos de espinafre com limão. Um dia eu... coloquei um amendoim no *smoothie* de Carly. Só um.

A confissão de Alexis me deixa tão chocada que me esqueço da festa e dos comprimidos de Grace; só consigo me concentrar no que ela acabou de dizer.

— Você envenenou sua irmã de propósito? — pergunto. Penso no que minha avó sempre dizia sobre confissões enquanto Alexis observa nossos rostos, procurando apoio.

"As palavras têm poder, mi hija. Quando você confessa seu pecado em voz alta, você admite aquilo pra você mesmo e pra Deus."

Se eu fosse Alexis, teria levado aquele segredo comigo para o túmulo, não importa o que Brooklyn ou Riley dissessem.

— Ela devia estar com a canetinha! — continua Alexis. — Se ela tivesse tomado a injeção não teria acontecido nada. Meus pais teriam obrigado Carly a ficar em casa descansando, como sempre fazem quando ela tem alguma reação. E eu iria para o baile de gala no lugar dela. Mas ela não estava com a EpiPen naquele dia, porque não cabia na bolsa de marca ridícula que ela queria usar. Então, em vez de passar mal, ela...

— Ela entrou em coma — completa Grace.

Alexis apanha outra mecha de cabelo, mas Riley dá um tapa na sua mão.

— Você é doente — diz.

— Para! — grita Alexis. — Você tá bêbada!

— Não se atreva a virar o jogo pra cima de mim! — Os olhos de Riley estão com as bordas vermelhas, mas não dá para saber se é culpa do vinho ou do choque da confissão de Alexis.

— Por que não? — a voz de Alexis sai trêmula. — Eu não sou a única que pecou.

Riley dá um tapa nela. A cabeça de Alexis vira para o lado, e ela leva as mãos ao rosto. Quando torna a se virar para Riley, sua boca está aberta de espanto.

— Eu não tenho nada o que esconder! — diz Riley. — O que eu sou, o que eu fiz, não é *nada* comparado a tentar matar a sua própria irmã, carne de sua carne, sangue do seu sangue.

— É mentira. — Alexis oscila para a frente e para trás, colocando o peso nos ossos dos pés, como uma bailarina. Existe um brilho em seus olhos que não consigo entender muito bem. É maníaco, explícito. — É mentira, mas eu sei a verdade. Sei de *tudo* o que você fez.

CAPÍTULO DEZENOVE

Trago os braços para junto do meu peito, olhando através da porta aberta do sótão para a escada que desce para a escuridão do corredor lá embaixo. Eu me imagino arrancando os pregos de uma das janelas com as mãos. As pontas dos meus dedos doem com esse pensamento, mas mesmo assim eu me viro na direção da porta.

— Você finge que é muito melhor que a gente! — berra Alexis. — Mas você é uma *puta*. Da sua boca só saem mentiras.

— Como se alguém fosse acreditar em você depois de saber o que você fez! — vocifera Riley.

Grace soluça de novo. Está agachada no nicho ao lado da porta, abraçada à mochila. O sótão é pequeno — deve ter apenas uns três metros de comprimento por um e meio de largura —, mas, por culpa do ângulo agudo do teto e das paredes, não consigo enxergar o que ela está fazendo. Apesar disso, ela é a única pessoa entre mim e a porta. Ela me seguraria antes que eu pudesse alcançar a escada.

— Olha, eu acreditaria nela — diz Brooklyn. Uma mecha de cabelo cai sobre seus olhos. Ela sopra o cabelo, mas ele flutua novamente para sua testa. — O que foi que aconteceu com aquela ideia de se despir diante do Senhor, hein, Riley?

Alexis solta uma gargalhada e balança a cabeça com tanta violência que seu pescoço estala.

— Afinal, por que é que a gente está aqui? Porque Brooklyn transou com seu *namorado*, não é?

— Cala essa boca. — A voz de Riley treme.

— Mas isso não é exatamente verdade, né? — continua Alexis. — Porque ele não é mais seu namorado. Faz duas semanas. Ele te deu o pé na bunda.

— Eu falei pra calar essa boca! — berra Riley, e leva as mãos à cabeça, cobrindo as orelhas.

— E quer saber qual é a melhor parte dessa história? — grita Alexis de volta. — É que ele te deu o pé na bunda porque você é uma *puta*. Ele descobriu o que você fez com Tom. Por que você não conta isso para seu adorado Deus, hein, Riley?

Riley fecha os olhos com força, balançando a cabeça. Antes eu não estava prestando atenção, mas agora me viro para Riley.

— Tom? — repito. — Peraí. O Tom, irmão de Josh? Aquele que Grace...

Grace dá um passo para fora do nicho.

— O que você fez com ele? — pergunta, com a voz trêmula.

Os olhos de Riley, com bordas vermelhas, se arregalam.

— Grace, eu...

Grace solta a mochila e anda para a frente, depois segura o braço de Riley.

— Eu sou a fim de Tom desde que me mudei pra cá! — exclama, mas eu não estou mais ouvindo. A única coisa que vejo é a mochila, abandonada no nicho.

— Eu sei — diz Riley. — Mas...

— Você transou com ele? — corta Grace. Riley hesita, e então Grace berra: — Conta a verdade!

— Foi só uma vez. Não significou nada! — diz Riley, e se vira de novo para Alexis. — Sua vaca. Era segredo.

— Mas não é essa a ideia? — diz Alexis, com voz baixa e irritada. — Todo mundo aqui está compartilhando seus segredinhos. Você só pode me julgar se estiver disposta a assumir os seus.

Riley berra alguma coisa para Alexis e as duas começam a falar cada vez mais alto, até estarem gritando, mas não consigo distinguir o que estão dizendo. Brooklyn dá um chute de leve no meu tornozelo com seu coturno, e olho para ela. *Os comprimidos*, diz baixinho, indicando a mochila com a cabeça.

Grace enterra o rosto entre as mãos. Eu me arrasto por trás dela e entro de fininho no nicho, onde posso ficar longe da vista de todas, menos de Brooklyn. Luzinhas de Natal em formato de estrelas pendem do teto, onde Riley pregou na madeira três borboletas mortas com pins cor-de-rosa pequeninos. Suas asas finas como papel parecem muito secas, a ponto de quebrarem.

Meu tênis roça na mochila e eu me agacho, colocando-a no colo. Grace leva de novo a garrafa à boca, e depois de novo, tentando afogar com vinho todas as coisas que ela ouviu. Se ela não se virar, estou salva.

Eu abro o zíper da mochila e enfio a mão ali dentro, procurando o frasco de comprimidos. As sombras de Riley e Alexis se estendem no chão. Se uma das duas der um único passo para a esquerda, vão me ver. Meus dedos topam com a cruz de madeira, mas é só: não tem mais nada dentro da mochila. Frustrada, abro o bolso da frente.

— Eu vim aqui pra te ajudar, sua vaca mal-agradecida! — berra Alexis. — Mas agora nem sei por que me dei ao trabalho. Tá na cara que você só se importa com você mesma.

Os passos de Alexis pisam com força no chão. Olho para cima quando ela vem exatamente na direção do nicho. *Merda.* Solto a mochila e me levanto, mas ela está de costas para mim. Acho que não chegou a ver nada.

— Alexis, não — diz Riley. Por cima do ombro de Grace vejo Riley segurar o braço de Alexis e arrastá-la para o meio do sótão. Meu coração bate com força no peito. Grace toma outro gole de vinho, observando a briga como se estivesse assistindo a um filme.

— Você só sai quando eu mandar — diz Riley. Seus dedos seguram o braço de Alexis com tanta força que a pele dela começa a ficar vermelha.

Alexis tenta puxar o braço.

— Me solta! — diz ela. Mas Riley continua segurando seu braço.

Com o coração batendo enlouquecidamente, eu me ajoelho e puxo a mochila para o lado. Tateio por cima do tecido interno até meus dedos encontrarem um cilindro de plástico. Eu o tiro de lá e rapidamente viro a mão para ler o rótulo.

AMBIEN, diz. Meu coração bate com força na minha caixa torácica. Achei. Finalmente *achei*.

Uma das tábuas do assoalho range. Um arrepio desce pela minha espinha e olho para cima. Os olhos escuros de Grace estão grudados em mim, me observando.

O tempo para. Minha mente começa a funcionar em alta velocidade, tentando encontrar alguma desculpa, algum motivo para ela me pegar remexendo a mochila atrás do remédio. Mas não consigo pensar em nenhum, a única coisa que consigo fazer é esperar que Grace chame as outras e conte o que eu estava fazendo.

Grace me analisa por um instante. Depois leva o dedo à boca e olha por cima do ombro para trás, para Riley e Alexis. Nenhuma das duas notou alguma coisa. Ainda.

Satisfeita por elas não estarem olhando, Grace pousa a garrafa de vinho no chão ao meu lado e depois se vira, como se não tivesse me visto.

CAPÍTULO VINTE

Abro o frasco e o viro sobre a minha mão. Dez cápsulas brancas caem na minha palma. Não sei nada sobre drogas, mas dez parece ser bastante – com certeza o bastante para nocautear uma garota adolescente. Abro uma das cápsulas e despejo o pozinho fino branco na garrafa de vinho.

A calça jeans de Riley arranha o chão quando ela caminha de um lado para o outro. Grace está de pé na minha frente virada num ângulo tal que impede que Riley veja o que eu estou fazendo, mas mesmo assim eu congelo onde estou, certa de que vou ser descoberta. O pozinho das cápsulas se gruda nos meus dedos e no gargalo da garrafa. Xingo baixinho e tento empurrar todo o pó para dentro do vinho.

— Nossa, achei que vocês fossem tão amigas... — diz Brooklyn, a voz cheia de falsa simpatia. Se Alexis ou Riley perceberam que ela está caçoando das duas, não demonstram: parecem só enxergar uma à outra.

— Você sempre foi uma amiga de merda! — berra Alexis, com voz trêmula. Ela enrola uma longa mecha de cabelo ao redor de um dedo e lhe dá um puxão repentino, violento.

— A gente só anda junto porque você não consegue suportar ficar sozinha.

— Acho que você entendeu tudo ao contrário, Lexie. — A voz de Riley é baixa e calma, mal passa de um sussurro. Alexis está parada no meio do sótão, enquanto Riley se move ao seu redor, como um animal rodeando sua presa. — A gente só é amiga porque você precisa de alguém por quem se obcecar. Você finge pra mim desde que tinha oito anos de idade. Eu simplesmente não consigo me livrar de você.

Quanto mais baixo Riley fala, mais ultrajada fica Alexis.

— E por que não? Porque *Deus* não quer? — berra Alexis. — Você se esconde atrás de Deus pra ninguém perceber o quanto você é maluca.

— Não me envergonho de nada do que eu fiz — continua Riley, ainda rodeando Alexis. — Mas você tem todo motivo do mundo pra se envergonhar. Você tentou matar sua irmã! Como é que alguém aqui ainda pode confiar em você?

A respiração de Alexis fica mais ofegante, e ela começa a chorar. Grace se enrijece na minha frente. Alexis deve ter arrancado outra mecha de cabelo da cabeça, mas eu me recuso a olhar. Meus dedos parecem grossos e desajeitados enquanto continuo abrindo as cápsulas.

— Você está errada — diz Alexis.

— Ah, estou? — A voz de Riley assume um tom cruel, quase satisfeito. Reconheço esse tom, agora: significa que ela sabe de algo que nenhuma de nós sabe. — Se estou tão errada assim, por que você está se escondendo? — continua Riley. — Você está guardando segredos de nós.

As tábuas do assoalho rangem quando Alexis recua um passo.

— Para — diz ela. Agora tenho a última cápsula entre os dedos, mas olho para o canto para ver o que está acontecendo.

Riley encurralou Alexis na parede. Não consigo ver o rosto de Riley, mas o de Alexis está arrasado. Seus olhos estão vermelhos e ela solta um soluço engasgado. Balança a cabeça e cobre o cabelo com as mãos.

— Não — sussurra ela. — Riley, *por favor*.

Riley dá um tapa nas mãos de Alexis e a puxa pela cabeça, depois passa uma das mãos em seu longo e belo cabelo. Por baixo da camada de cima, de cachos loiros perfeitos, todo o couro cabeludo de Alexis está vermelho e em carne viva, com cascas ainda sangrando.

Alexis se desvencilha de Riley e tenta, desesperadamente, arrumar o cabelo de novo. Contorce o rosto e cai de joelhos, os ombros chacoalhando com soluços silenciosos. Leva a mão ao cabelo, logo atrás da orelha esquerda, e começa a enrolar uma mecha compulsivamente em torno do dedo — cada vez com mais força — até ela se soltar em suas mãos. O sangue mancha a pele de seu couro cabeludo.

— Você é nojenta. Daqui a pouco vai estar careca.

Brooklyn solta uma risada ligeiramente histérica no exato segundo em que a cápsula cai no chão. Riley franze a testa e se vira para ela.

— Posso saber qual é a graça? — diz, num sussurro irritado.

— Depressa — murmura Grace, baixinho. Volto a me concentrar nas cápsulas. Enfio a unha do polegar na última cápsula e a abro. O pozinho branco se dissolve no vinho.

— Ah, essa sua briguinha é um charme — diz Brooklyn.
— Com qual amiga você vai brigar agora, hein?

— Cala a boca! — vocifera Riley. Ela atravessa o sótão e chuta a canela de Brooklyn, que faz um drama, fechando os olhos com força e gritando de dor, mas eu sei que ela disse tudo aquilo para me ajudar, para distrair a atenção de Riley.

Apanho a garrafa de vinho, levanto e saio da alcova. Pouso a mão no ombro de Riley.

— Ela só tá querendo te irritar — digo, apertando o braço de Riley. Levo a garrafa à boca e viro, mas mantenho os lábios fechados para não beber o vinho batizado. Finjo engolir enquanto abaixo a garrafa. — Ela quer que você e Alexis briguem de verdade.

— Me dá isso aqui. — O rosto de Riley não demonstra nenhuma emoção quando ela arranca a garrafa das minhas mãos. E olha para ela por um longo instante. Do outro lado do sótão, Alexis se agacha no chão. Soluça baixinho, as mãos fechadas ao redor dos cabelos.

— Você tem razão. — Riley sorri enquanto revira a garrafa de vinho, observando o líquido molhar as laterais. — Precisamos confiar uma na outra.

— Exato — digo. — Não podemos deixar Brooklyn se meter entre nós.

O sorriso de Riley imediatamente desaparece.

— Não podemos deixar *Brooklyn* se meter entre nós — repete ela. Ela se demora em falar o nome de Brooklyn e segura a garrafa com mais força.

Grace entrelaça os dedos. Olha para mim, nervosa, mas não olho de volta. Não consigo tirar os olhos de Riley.

Riley me olha de novo. Seus olhos são os de um predador: frios e calculistas.

— Não sabia que você gostava de beber — diz ela, levantando a garrafa.

— O quê? — Engulo em seco, esperando, mas Riley segura a garrafa logo abaixo da sua boca. O vidro roça seu lábio inferior.

— O vinho — diz ela. — De repente você parece ter ficado muito interessada no vinho.

— Acho que eu só estou com sede — retruco.

Riley cheira o vinho, fechando os olhos.

— Eu também — murmura. Inclina a garrafa para trás e o vinho se inclina para a frente. Seguro a respiração, mas aquele instante parece durar uma eternidade. As palmas de minhas mãos começam a suar.

Logo antes de beber, os olhos de Riley se abrem.

— Você acha que sou idiota? — sussurra. Minha garganta fica seca.

— Claro que não.

Riley abaixa a garrafa.

— O que você colocou aqui dentro?

O pavor se espalha pelo meu ventre.

— Eu...

Riley atira a garrafa de vinho para a frente. Ela se estilhaça na parede a poucos centímetros de onde Alexis está agachada, espalhando cacos de vidro pelo chão. Alexis estremece de medo e cobre o rosto com as mãos. O líquido espesso escorre pelas tábuas que estão atrás dela, mas a madeira chupa o vinho antes que ele possa atingir o chão, deixando apenas uma mancha vermelho-escura.

— Você diz que quer que eu confie em você, mas está mentindo pra mim! — grita Riley.

— Riley, eu não... — digo.

— Cala essa boca! — berra Riley. Alexis dá outro soluço alto e o rosto de Riley se contorce. Ela então se vira para encarar Alexis.

— Ninguém aqui tem pena de você! — grita. — Você merece sofrer. Você é um *monstro*!

Algo se modifica em Alexis quando Riley berra aquela última palavra. A luz some de seus olhos, fazendo sua pele ficar vazia, pálida. O último soluço morre em seus lábios, e sua boca se abre — espantada.

— Lexie. — Grace dá um passo em sua direção, mas Alexis se põe de pé e sai correndo do sótão. A escada de madeira decrépita chacoalha e geme enquanto ela desce.

— Sua vaca, eu falei pra você não ir embora! — Riley empurra Grace para o lado e sai correndo escada abaixo, atrás de Alexis. Os soluços de Alexis ecoam lá embaixo. Seus pés descalços batem no piso quando ela desce o último degrau e começa a correr.

— Será que a gente devia ir atrás delas? — pergunta Grace.

Em resposta, vou até a escada. Eu não deveria me preocupar tanto. Alexis foi quase tão má quanto Riley, todo esse tempo. Ela fez a irmã entrar em coma. Eu devia deixar as duas resolverem o assunto entre elas — elas se merecem.

Apesar disso, não consigo afastar da cabeça a lembrança do rosto arrasado de Alexis.

Riley atinge o chão, fazendo a escada se sacudir. Seguro o corrimão para não cair.

— Você é tão má quanto Brooklyn! — grita Riley, enquanto sai correndo pelo corredor. — Acho que a gente devia exorcizar você depois.

Meu coração bate com força quando meu sapato desliza num degrau coberto de sangue. Meu queixo bate na escada antes que eu consiga me equilibrar. Estrelas negras desabrocham diante dos meus olhos.

— Volta aqui, sua maluca! — Riley tropeça numa garrafa de cerveja e se estatela no chão de joelhos. Alexis sai em disparada até a suíte principal. Riley se levanta novamente.

— Riley, espera! — Com o estômago revirado, salto até o chão. O impacto lança um choque elétrico em minhas pernas, mas não paro o suficiente pra sentir a dor. Estico a mão e seguro o ombro de Riley, mas ela se desvencilha de mim e se vira.

— Isso aqui não é da sua conta! — vocifera, e me empurra. Bato na parede.

— Riley... — gemo, mas ela segue Alexis até a suíte e fecha a porta na minha cara. Seguro a maçaneta, mas ela não se abre. Grace chega correndo, atrás de mim, sem fôlego.

— Tá trancada — digo. — Por dentro.

Grace tenta virar a maçaneta, mas ela nem se mexe. Solta um palavrão baixinho, depois bate na porta com a mão aberta.

— Riley! Deixa a gente entrar!

Ninguém responde. Vejo Riley empurrando Brooklyn para dentro da água da banheira, Riley arrancando a unha de Brooklyn e deixando-a cair no chão do porão.

— Riley não seria capaz de machucar a Alexis, seria? — pergunto.

Grace engole em seco e aperta os lábios.

— Não sei do que Riley é capaz.

Pressiono o rosto na porta do quarto. Ouço vozes abafadas — mais discussão, porém não consigo ouvir o que elas estão dizendo. Xingo e me afasto.

— A gente precisa entrar — digo para Grace. — Você tem alguma ideia?

O rosto de Grace se ilumina.

— Riley guarda uma chave numa gaveta da cozinha. Não sei se é da suíte principal, mas...

— Vale a pena tentar — termino. — Vem. — Seguro o braço de Grace e nós duas começamos a descer a escada.

Desço de dois em dois degraus, nervosa a cada segundo que se passa sem que eu esteja dentro daquele quarto com Riley e Alexis. Vejo aquela expressão desesperada e arrasada do rosto dela sempre que fecho os olhos, e incito meus pés a irem mais depressa.

Alexis solta um grito agudo.

— Riley, não!

Salto para o patamar quando uma sombra cai pela janela em arco que fica em frente à escadaria. Algo despenca num estrondo nos arbustos ao lado da casa, fazendo o chão tremer. Mil arrepios atravessam minha nuca. Paro onde estou no patamar.

— Ai, meu Deus. — O corpo de Grace se enrijece atrás de mim.

— O que foi isso? — sussurro, com medo de já saber a resposta. Não quero olhar, mas me viro para a janela mesmo assim e me inclino para perto do vidro.

O corpo de Alexis está caído na terra. Seu cabelo loiro claro cintila à luz fraca do luar, e um halo de sangue se acumula em torno da sua cabeça. Levanto um dedo trêmulo para a janela, minha respiração embaça o vidro.

— Mexe — sussurro para seu corpo quebrado. Mas ela não obedece. Olha fixamente para o céu com olhos leitosos, sem vida. Seu braço está torcido acima da cabeça, os dedos fechados na direção da palma da mão, quase como se ela tivesse tentado se agarrar em alguma coisa ao cair. Seus lábios rachados estão abertos num grito silencioso. Suas últimas palavras ecoam em minha cabeça. *Riley, não!*

A porta lá de cima se abre, e passos cruzam o chão. Levanto a cabeça quando Riley para no alto da escadaria, o rosto branco como a morte.

— Alexis pulou — diz ela.

CAPÍTULO VINTE E UM

Riley segura o corrimão no alto da escada, os olhos sem foco.

— Pai Nosso que estais no Céu — sussurra, numa voz quase inaudível. Uma lágrima escorre pelo seu rosto. — Santificado seja o Vosso nome...

— Não. — Eu me afasto da janela, com as mãos tremendo nas laterais do meu corpo. — Ele não está ouvindo.

— Sofia... — murmura Grace. Ela tenta tocar meu braço, mas eu afasto sua mão. Não consigo deixar de lembrar os olhos nublados de Alexis, seu corpo espatifado, o jeito como seus dedos estavam curvados na direção da palma da mão. Não quero ser consolada.

Riley me observa por um longo instante, até que a raiva que arde em meu peito acaba se arrefecendo, um pouco.

— Você está sofrendo — declara ela, por fim. — Eu entendo. Mas precisamos rezar para o Senhor perdoar o pecado de Alexis.

— Não! — grito. Aquela palavra é uma sentença de morte, mas não me importo. Talvez eu queira ser a próxima vítima de Riley. — Você está errada em tudo! Deus não vai nos ajudar. Ele não vai salvar Brooklyn, e Ele não pode perdoar Alexis, não mais.

Os pés de Riley descem as escadas silenciosamente. Ela se agacha na minha frente.

— Você não tem como saber, Sof — diz, enxugando uma lágrima do rosto com as costas da mão. — Volte para o sótão. Precisamos terminar o que começamos.

— O sótão? — Minha voz sai tão aguda que eu mal a reconheço. Engulo em seco, tentando acalmá-la. — Precisamos chamar a polícia. Alexis *morreu*.

Aquela palavra soa de um jeito extremamente definitivo ao ecoar pela casa.

Grace soluça entre as mãos.

— Não diga isso... — murmura num silvo, entre os dedos. — Talvez ela só esteja... só...

— Pare! Alexis *morreu*, Grace! Ela se suicidou. — A voz de Riley acaricia aquelas palavras. *Se suicidou*. É como se estivesse experimentando para ver a nossa reação, perceber como recebemos aquela história dita em voz alta.

— Pense — continua ela. — O que iria acontecer se a gente chamasse a polícia? O que você acha que eles iriam fazer quando vissem Brooklyn? Iam pensar que somos *monstros*. Não quero passar o resto da minha vida na cadeia. Vocês querem?

Grace balança a cabeça.

— Merda — sussurra. Abaixa a cabeça e começa a chorar, com movimentos já vagarosos e desajeitados por causa do vinho.

Todas as emoções que eu reprimi desde que entrei nessa casa explodem. Tento falar, mas o máximo que consigo soltar é um soluço feio, engasgado. Meu peito endurece, e choro como se tivesse cinco anos de idade de novo, como se fosse algo que eu tivesse acabado de descobrir que sou capaz de fazer.

— Sofia. — Riley segura meus ombros e os aperta. — Sofia, você precisa se acalmar.

Não consigo parar. Percebo, pela primeira vez, que nenhuma de nós vai voltar para casa. Ainda que de alguma maneira a gente consiga sair ilesa desta casa, eu nunca mais vou voltar à minha antiga vida. Lágrimas correm pelo meu rosto enquanto soluço, ofegante, sem ar. Minha cabeça começa a girar.

— Sofia, olha pra mim. — De repente a voz de Riley parece suave e calma. Meus olhos se abrem e fito seu rosto, os lábios tremendo enquanto luto para respirar.

Riley aperta os lábios, observando-me. As sombras profundas embaixo de seus olhos a fazem parecer mais velha, mais sábia até. Ela desistiu do rabo de cavalo, e agora o cabelo cai ao redor de seu rosto magro e anguloso, escondendo a marca da mordida em sua bochecha, de modo que ela parece quase normal. Aperta meus ombros de novo.

— Sei que agora você não percebe, mas tudo o que aconteceu é culpa de Brooklyn — explica. — O demônio forçou Alexis a pular daquela janela. Não há nada que possamos fazer por ela agora, mas você precisa ser forte, precisa impedir que o demônio controle você também.

Impedir que o demônio me controle também. Aquelas palavras ecoam na minha cabeça, sem sentido, mas apesar disso sinto minha respiração se acalmar.

— Isso, assim é que eu gosto — sussurra ela. — Agora não se preocupe. Assim que a gente acabar com isso, podemos voltar para casa.

— Como? — pergunto, num sussurro. Riley enxuga uma lágrima do meu rosto com o polegar. Minha pele arde no ponto onde ela a toca, mas tento não demonstrar meu nojo. O único jeito de sair daqui é através de Riley. Preciso ser forte.

— Vamos descobrir. Alguns exorcismos dão mais trabalho do que outros. — Riley se levanta e alisa sua blusa manchada de sangue. — Primeiro se acalme, depois vamos voltar para o sótão. Nós três precisamos nos unir para isso dar certo. Talvez seja preciso recorrer a medidas extremas para derrotar o demônio.

Assinto, entorpecida, enquanto Riley se vira, sobe as escadas e caminha pelo corredor. Grace está agachada ao lado da parede, tão quieta que mais parece uma sombra.

— Você está pronta? — pergunta ela. Acho que nunca estarei pronta para voltar até lá, mas eu me levanto e dou um passo em sua direção. Ela segura meu braço e caminhamos juntas pelo corredor.

— O que você acha que Riley quis dizer com medidas extremas? — pergunto, antes de alcançarmos a escada do sótão. Grace me olha. Seus olhos estão turvos, ela mal consegue caminhar direito. Quando me responde, é com uma voz rouca, quase um sussurro.

— Ela quis dizer que, às vezes, o anfitrião deve morrer.

CAPÍTULO VINTE E DOIS

– Caramba, Sofia, *vai logo*. – Grace belisca minha pele, e a pontada de dor me faz andar. Subo os últimos três degraus da escada, depois entro no sótão. Ali dentro a atmosfera é maligna, como se algo perverso tivesse se enfiado nos espaços que Alexis deixou para trás.

Riley olha pela janela no canto do sótão, com um dos braços dobrados na sua frente. Uma corda enrolada repousa a seus pés. Olho ao redor da viga. Brooklyn está deitada, torta, no chão, os braços e as pernas desamarrados. Seu cabelo loiro espetado está molhado de sangue.

A porta do sótão se fecha às minhas costas. Eu me viro e vejo Grace se levantando e limpando o pó das mãos na calça jeans.

– O que está acontecendo? – pergunto. Grace olha para o chão.

O luar entra pela janela, deixando o sótão cheio de sombras. Só consigo ver o que Riley está segurando quando ela dá alguns passos para a frente e a luz da vela ilumina suas mãos.

A pistola de pregos.

Às vezes o anfitrião deve morrer. Poucas horas atrás eu teria feito qualquer coisa para impedir isso. Agora, porém, hesito, fechando as mãos com força. É a vida de Brooklyn ou a minha. Se eu a ajudar, serei o próximo alvo de Riley.

Brooklyn geme e tenta se sentar.

— Quase acabando — diz Riley. Ela passa a pistola de pregos para a outra mão, se ajoelha e faz Brooklyn rolar, até ficar deitada de costas.

— Não, por favor! — Brooklyn se contorce e chuta por baixo das pernas de Riley. Riley abaixa a pistola de pregos.

Não consigo. Não consigo ficar parada assistindo alguém morrer, nem que seja para poupar minha própria vida.

— Sai de perto dela! — Atiro meu corpo sobre o de Riley, usando cada grama de força que ainda tenho em mim. — Sua vaca psicopata!

Caímos no chão, engalfinhadas, ao lado de Brooklyn. Riley recupera o equilíbrio primeiro e em seguida me dá uma cotovelada no rosto. Eu volto a cair no chão, enquanto a dor explode pela minha bochecha.

— Grace, cuide dela — vocifera Riley. Brooklyn tenta se mexer, mas Riley se senta em cima de seu peito com as pernas abertas e prende seu braço no chão com uma das mãos. Eu me levanto e tento engatinhar até as duas, mas Grace me segura por trás.

— Me solta! — Arranho os braços de Grace, mas ela apenas aperta mais meu peito e me arrasta para longe. Farpas do chão de madeira sem acabamento arranham a parte posterior das minhas pernas.

Um silêncio apavorante preenche o sótão. Riley abaixa a pistola. O prego atravessa a mão de Brooklyn com um tiro seco, quebrando a quietude.

Brooklyn urra de dor, tão alto que juro que sinto o assoalho tremer sob meus pés. Riley passa para o braço seguinte, prendendo-o com um joelho enquanto posiciona a pistola de pregos sobre a mão de Brooklyn, que está afastada de seu corpo, em posição de cruz.

— Você está crucificando a Brooklyn — sussurro, horrorizada. Um filete espesso de sangue escorre da lateral da mão da menina e se acumula no chão, formando uma poça.

Ela mira a pistola na outra palma de Brooklyn e puxa o gatilho. O metal atravessa a pele e os ossos.

— Eu queria pendurá-la nas vigas — explica Riley, indicando o teto com a pistola de pregos. — Mas achei que a gente não conseguiria levantá-la tão alto. — Ela curva os dedos dos pés no chão e se vira para me olhar.

— E agora, o que fazemos com você? — pergunta, quase para si mesma. Ergue uma sobrancelha, e de repente sinto como se todo o ar do sótão tivesse desaparecido.

— Não, por favor — imploro. Grace me aperta com mais força, prendendo meus braços, e não consigo me mexer.

— É para o seu próprio bem — diz Riley, apanhando as cordas que tinha usado para amarrar Brooklyn. — Primeiro você mandou aquela mensagem de texto pro Josh, depois fez aquele truquezinho sujo com o vinho. Agora isso. Eu não confio mais em você.

— Por favor — sussurro mais uma vez, tentando me soltar dos braços de Grace. — Eu posso cooperar. Posso ajudar.

Riley desfaz um trecho da corda enquanto caminha em minha direção e leva um dedo aos lábios.

— Shh. Vai ser mais fácil se você não lutar — diz ela. Enquanto Grace me segura, Riley prende meus braços e minhas pernas em nós grossos. A corda pinica a pele em torno de meus pulsos e os aperta com tanta força que cortam a circulação das minhas mãos. Quando termina, Riley afasta o cabelo do rosto e se inclina para me dar um beijo na bochecha.

— Quando terminarmos com a Brooklyn, vamos ajudar você. Combinado? — Ela dá um tapinha no meu nariz com o dedo. — Está quase amanhecendo. Grace e eu precisamos dar um jeito no corpo de Alexis antes de o sol raiar.

Eu me viro para a janela e vejo que Riley está certa. O céu escuro desbotou-se para um tom azul profundo. Penso na minha mãe se levantando às sete da manhã como sempre, e encontrando meu quarto vazio. Uma faísca de esperança tremula em meu peito: se ela chamar a polícia, talvez... mas não. Mesmo que ela chame a polícia, assim que der pela minha falta, eles jamais me encontrariam aqui. Não a tempo de impedirem Riley.

Grace empurra meus ombros para baixo e eu me sento, de um jeito estranho.

— Riley — tento pela última vez. — Por favor, não me deixe aqui assim.

Riley ignora meus pedidos, abre a porta do sótão e começa a descer a escada.

Grace hesita diante da porta.

— É mais fácil assim — diz. Sem mais palavras, segue Riley escada abaixo.

Expiro com força, soltando todo o ar. *É mais fácil.* Karen disse isso para mim uma vez, depois que viu Lila e Erin me torturarem na aula de biologia. *É mais fácil deixar elas fazerem o que quiserem.* Quanta idiotice.

Eu luto para manter a calma, mas, quando me dou conta da realidade, cada respiração se torna mais difícil. Fecho os olhos com força e a situação fica mais clara. Riley sabe que não estou do seu lado, que não pode confiar em mim. Alexis está morta. Em breve, Brooklyn também vai estar. Talvez Riley resolva que eu também estou possuída. Talvez eu seja a próxima a ser pregada no chão.

Lágrimas escorrem pelo meu rosto. Estou chorando por Alexis e por Brooklyn, mas também por mim mesma — por medo do que vai acontecer. Solto outro soluço, já não mais tentando manter a dor sob controle. Meus ombros se sacodem e meu peito dói à medida que minha respiração vai se tornando cada vez mais pesada. Lágrimas nublam minha visão até eu mal conseguir enxergar alguma coisa.

— Para com isso! — grita Brooklyn. Sua voz me assusta tanto que mordo o lábio inferior e fungo. Brooklyn geme de dor, e ouço um farfalhar quando ela tenta reajustar sua posição no chão. — Agora não é hora de chorar. Precisamos descobrir um jeito de fugir.

— Fugir? Estou tentando fugir desde que a gente chegou aqui! — Aperto os lábios para não soluçar de novo. — *Não existe* jeito de fugir.

— Besteira. A gente só estava pensando do jeito errado.
— Brooklyn faz uma pausa, e por um instante o único som que se ouve no sótão é o de sua respiração baixa e calma.
— O que Riley ficou dizendo o tempo inteiro?
— Que... que você é má — gaguejo. — Que está possuída pelo demônio.
— Certo. E o que o demônio faria nessa situação?
As palavras irrompem na minha cabeça e eu as pronuncio sem pensar.
— Iria combater fogo com fogo.
Pausa silenciosa. Então Brooklyn diz:
— Exatamente.

CAPÍTULO VINTE E TRÊS

As palavras se repetem em minha cabeça: *combater fogo com fogo*. Não é exatamente uma solução. Meus braços e pernas estão presos com tanta força que mal consigo me mexer, e Brooklyn foi pregada ao chão. Não existe maneira de lutarmos. É o fim.

Apesar disso, continuo pensando nessa frase, como se existisse alguma coisa nela capaz de liberar o segredo para escaparmos. Brooklyn está estranhamente quieta, e penso se não estará fazendo o mesmo que eu. Ou, quem sabe, já tenha imaginado um plano.

O vento bate na janela do outro lado do sótão, e o vidro geme. Só uma vela continua acesa agora – a vela branca de sete dias que Alexis trouxe para cá. Sua chama tremeluz, como se estivesse zombando de mim.

Risos ecoam pelo chão e a escada range. Olho com medo para a porta do sótão. Riley e Grace voltaram.

– Brooklyn – sussurro.

– Eu ouvi. – Brooklyn geme, e as solas duras de seus coturnos arranham o chão quando ela mexe as pernas. – Tudo bem. Temos um plano, lembra?

— Combater fogo com fogo — sussurro. As palavras ecoam na minha cabeça, mas não significam nada para mim. *Combater fogo com fogo. Combater fogo com fogo.*

A porta do sótão estremece e se abre com um estrondo que faz o chão estremecer. Ainda acesa, a última vela tomba e sai rolando até a parede, parando diante de um trecho exposto de isolamento térmico cor-de-rosa. Eu observo tudo acontecer como se fosse um sonho.

A chama salta para a parede e lambe a madeira exposta com ardor.

— Brooklyn, você viu isso? — Não consigo ver o rosto dela, apenas as solas manchadas de sangue de suas botas. Ela bate uma contra a outra, como a Dorothy de *O Mágico de Oz*. Hora de voltar para casa.

— Faz parte do nosso plano — diz ela.

Que plano?, sinto vontade de gritar. A única coisa que temos é uma frase — uma frase que definitivamente não tem o poder de derrubar uma vela.

Mas, à medida que o fogo se espalha, desintegra a pergunta da minha cabeça. O sótão minúsculo *de madeira* onde estou presa está se incendiando. Eu puxo as cordas que me prendem. A fumaça entra na minha boca e pressiona o fundo da minha garganta.

Riley surge na porta do sótão enquanto a fumaça toma conta do canto distante onde a vela caiu e se levanta em direção ao teto, espessa e escura. Ela faz uma careta e agita a mão na frente do rosto.

— Que diabo...? — murmura.

Brooklyn solta um risinho, e sua risada ecoa nas paredes em chamas. Olho para suas botas, chocada. Ela perdeu a cabeça.

Riley fica parada diante da escada, as chamas refletindo-se em seus olhos. A voz histérica de Grace ecoa mais abaixo, mas não consigo distinguir o que ela está dizendo. Passos batem com força no assoalho à medida que Grace sai correndo.

— Riley! — grito. — Você precisa me desamarrar! — As cordas arranham a camada superior da pele ao redor dos meus pulsos quando eu me reviro, tentando me soltar. Mal percebo a dor. Uma chama alaranjada surge em meu campo de visão periférico, aproximando-se cada vez mais de mim. Eu respiro ofegante, sem parar, ignorando a fumaça que enche minha boca e língua. — Riley, você tem de soltar a gente! Riley!

Riley encosta o corpo na porta do sótão e corre os olhos pelo chão, procurando alguma coisa para apagar o fogo. Mas não existe nada ali, a não ser a caixa de ferramentas abandonada. Até mesmo a garrafa de água benta está vazia.

— Socorro! Ajude a gente, por favor!

Riley tensiona os ombros e olha para mim.

— Não! — imploro. Ao meu redor, o fogo começa a se fechar. Preciso reunir cada grama de força de vontade que me resta para não imaginar o fogo subindo pela minha pele, devorando meu cabelo e minhas unhas, até não sobrar mais nada. — Não me deixe aqui. *Por favor.*

Mas os olhos de Riley estão vidrados, como se ela não estivesse mais me enxergando.

— O exorcismo... — diz ela.

— Isso não tem mais importância — digo. Tentáculos azuis se esticam sobre a madeira em nossa direção, como dedos. Eu afasto as pernas, tentando afrouxar a corda que prende meus tornozelos, mas ela não cede.

— Você não pode deixar a gente aqui! — grito. De todas as maneiras que imaginei que poderia morrer naquela casa, ser queimada viva é a mais cruel. — Não pode!

Riley hesita. Ouço um barulho alto de algo se rachando, e uma das vigas do teto se quebra em duas e cai no chão, espalhando faíscas para todos os lados. Pequeninas brasas aterrissam em meus braços e pernas e queimam minha calça jeans, minha pele.

— Ah, meu Deus — imploro, fechando os olhos com força. — Você não pode deixar a gente aqui.

O rosto de Riley fica lívido, e seu lábio inferior treme.

— Deus, me perdoe — sussurra ela. Sua cabeça desaparece quando ela sai do sótão, a escada rangendo sob seu peso.

— Não! *Não!* — Eu grito por tanto tempo que minha voz fica rouca. A fumaça enche meus pulmões, e meus soluços se dissolvem numa crise de tosse. O ar ao redor de nós se espessa e nubla minha cabeça quando inspiro, deixando-me tonta e nauseada. Nunca vamos conseguir sair daqui. Vamos morrer queimadas. Vamos morrer gritando enquanto as chamas consomem nosso rosto.

O fogo estala, e outra viga de madeira cai — dessa vez no canto, ateando fogo em mais revistas *Vogue* de Riley. Tusso sem parar, incapaz de recuperar o fôlego, enquanto assisto às chamas aumentarem cada vez mais.

— Sofia — diz Brooklyn, com a voz estranhamente calma.
— Podemos sair daqui, mas você precisa me ajudar.

Eu reprimo meus soluços, mas não consigo fazer meu coração desacelerar.

— Como? — pergunto, com a voz trêmula.

— Você consegue andar?

Eu tento desajeitadamente me levantar, mas minhas pernas estão cruzadas na frente do meu corpo, e sem usar os braços não vou conseguir manter o equilíbrio.

— Não.

— Então, engatinhe — insiste Brooklyn. — Engatinhe pra cá. Depressa!

Engatinhar. Inspiro, expiro, focando naquela única palavra. O fogo está tão perto de mim que sinto seu calor agitando-se diante de meu tornozelo, mas Brooklyn não está longe. Consigo me aproximar dela antes de o fogo me alcançar. Eu afasto o medo que cresce dentro de mim. Consigo engatinhar. *Vou* engatinhar.

Transfiro o peso do corpo para a esquerda e reprimo um gemido quando meu ombro bate com força no chão. Agora estou deitada de lado, as pernas enrodilhadas. Os coturnos de Brooklyn estão a uns cinquenta centímetros, talvez um metro de distância de mim. É impossível usar os braços para me arrastar, pois ainda estão amarrados às minhas costas, por isso enfio os calcanhares no chão e arrasto o corpo pelo assoalho. O fogo atinge os esmaltes de Riley e os vidros explodem numa mistura colorida, salpicando meu corpo de faíscas.

Meu ombro dói à medida que eu o empurro no chão, passando pelos coturnos de Brooklyn e por suas pernas cobertas de sangue e fuligem. Eu faço força pra ir ainda mais para a frente, até estar ao lado do braço dela.

— O que preciso fazer? — pergunto, ofegante, quando estou perto o bastante para ver seu rosto. Ela vira a cabeça pra me olhar. À luz alaranjada tremeluzente, seus olhos emitem um brilho vermelho.

— Você precisa retirar os pregos. — Brooklyn estremece de dor, e a pele ao redor de seus olhos se enruga. — Vai ter de usar os dentes pra isso.

Dentes. Se eu parar pra pensar no que estou prestes a fazer, nunca vou conseguir levar essa ideia adiante. Por isso, não penso. Balanço o corpo para o lado, até ficar de bruços. Dobro os joelhos, usando a testa para equilibrar meu peso no chão. Brooklyn me apoia com uma das pernas, e eu consigo ficar numa posição agachada. Eu me aproximo da mão dela.

O prego está enfiado bem fundo na palma de sua mão, e tudo — sua pele, suas unhas, o próprio prego — está coberto com uma camada espessa de sangue. Abaixo o rosto, olho para a sua mão e começo a puxar o prego com os dentes. Brooklyn sufoca um grito de dor quando meus dentes roçam sua pele. Mordo o prego com força e puxo.

O prego comprime minhas gengivas e meus dentes, mas não se mexe. Minha boca se enche de sangue, um gosto acre, metálico. Não sei se é meu ou de Brooklyn. Tento não respirar quando puxo novamente. O prego arranha o esmalte de meus dentes, e um filete de sangue escorre pela minha garganta. Começo a engasgar.

— Sofia, vamos! — insiste Brooklyn. — Você consegue.

Mordo novamente e dessa vez sacudo a cabeça do prego entre meus dentes antes de puxar. O prego sai e entra em minha boca, e eu balanço para trás, quase perdendo o equilíbrio. Brooklyn solta um grito estrangulado e leva a mão livre até o peito. Antes mesmo que eu consiga cuspir o prego da minha boca, ela puxa o outro prego com os próprios dedos. O prego cai no chão com um barulho metálico.

— Meu Deus do céu. Caralho! — berra ela, sentando-se. O fogo estala ao redor, e a fumaça está tão espessa que mal consigo enxergar o rosto de Brooklyn. — Vem cá — ela me chama. — Depressa!

Eu me arrasto até ela para que desamarre as cordas que prendem meus pulsos. O fogo aumenta em torno de nós. Por causa do sangue nas mãos de Brooklyn e do calor do fogo que nos faz suar, ela tem dificuldade para desfazer os nós, pois a corda está escorregadia e escapa duas vezes dos seus dedos.

O medo lateja em meu crânio. *Não vamos conseguir*, penso. Mas então Brooklyn consegue desfazer os nós ao redor de meus pulsos e me vejo livre.

Eu a ajudo a desamarrar as cordas de seus tornozelos e depois me levanto, cambaleante, sem muita certeza de quanto tempo o chão irá aguentar. O fogo sobe pelas paredes e consome a madeira. Meus olhos ardem. Pisco, mas não consigo afastar a fumaça. Lágrimas escorrem pelo meu rosto. Meu terror se endurece, torna-se determinação. Não vou morrer aqui. Eu me recuso a morrer aqui.

Conseguimos descer a escada e alcançar o segundo andar poucos segundos antes de o fogo saltar sobre o degrau de cima. Brooklyn dobra o corpo em dois e tosse tanto que tenho medo de que vomite.

— Você não pode parar agora. — Seguro seu braço e puxo-a em direção à escadaria. Meu coração pulsa em meus ouvidos, marcando cada segundo que passa. O fogo está se alastrando depressa. Está nos nossos calcanhares, bloqueando todas as saídas. Não sei quanto tempo mais nos resta.

A fumaça se enovela ao redor de nós, preenchendo meus pulmões. Puxo a camiseta para cobrir meu rosto, mas isso não adianta em nada. Meu peito dói, quer ar, mas cada respiração que inalo é tóxica. Começo a sufocar e não consigo mais parar de tossir: todo o meu corpo treme. Brooklyn se empertiga e obriga-se a ir até a escadaria. Eu deslizo o braço dela ao redor dos meus ombros para ajudá-la.

Conseguimos chegar ao primeiro andar e atravessar o corredor. Quando dobramos a esquina, o alívio inunda meu sangue. A porta está aberta. Começo a correr.

A escadaria tomba com um estrondo parecido com o de um trovão, e a fumaça está tão espessa que mal consigo enxergar. Seguro Brooklyn com mais força e impulsiono o corpo para a frente. Atravessamos o alpendre e descemos os degraus da porta da entrada.

Caio de joelhos no chão, e Brooklyn desaba ao meu lado. Por um instante, apenas apoio a testa na grama fria, respirando ar puro. Às nossas costas, o fogo lambe, estala, espirra. Com seu ruído em meus ouvidos, eu me sento e olho em torno.

A calçada e a rua estão vazias. Riley e Grace já foram embora há muito tempo. Engulo a bile que sobe até minha garganta quando imagino as duas saindo cambaleando da casa, ignorando meus berros. Mas agora não posso pensar nisso: não temos muito tempo. Esta região do bairro pode ser abandonada, mas uma hora a fumaça acabará atingindo uma altura tal que alguém vai ver e chamar a polícia. E então...

Eu me viro para Brooklyn, surpresa ao ver que ela já está me observando. Seus olhos negros refletem a luz do fogo. Ela se põe de pé e me oferece a mão. Quando eu me levanto, ela me puxa para si e se inclina para sussurrar no meu ouvido.

— Não conte nada a ninguém. — Seu hálito cheira a sangue e fumaça. Ela se afasta de mim, depois assente, uma única vez. Sem dizer mais nada, começa a se afastar, mancando.

Por um longo momento, fico ali parada, observando a casa arder. Dou uma risada, alta, e aquele som é tão chocante e maravilhoso que meus olhos se enchem de lágrimas. Eu não morri. Acabou. Estou livre.

O fogo se alastra pela casa como se estivesse vivo — selvagem, desesperado, faminto. Quando terminar seu trabalho, todas as evidências da noite passada terão sido destruídas. Penso no que Brooklyn me disse: *não conte nada a ninguém*. Se procurarmos a polícia, será a palavra dela contra a de Riley.

Engulo em seco e dou as costas para o fogo. Então caminho pela calçada, na direção da minha casa.

CAPÍTULO VINTE E QUATRO

A porta da frente range ao se abrir e eu piso no corredor, atenta. Silêncio. Minha mãe ainda não se levantou da cama. Seguro a maçaneta para impedir que faça barulho ao se travar e fecho a porta sem fazer o menor ruído. Tiro o tênis e o carrego ao subir a escada, para que minha mãe não escute meus passos no carpete.

Durante todo o caminho de volta fiquei tentando decidir o que dizer à minha mãe. Minha vontade é vomitar a história toda, mas as palavras de Brooklyn ecoam na minha cabeça, num aviso: *Não conte nada a ninguém*. Além do mais, se eu disser a verdade para minha mãe, ela vai chamar a polícia, e eles vão fazer perguntas que não sei direito como responder. Melhor fingir que nada aconteceu.

Vou até o banheiro e ligo o chuveiro o mais quente possível. Tiro as roupas, que caem no chão num monte sangrento, enfumaçado e suado. Estremeço ao olhar para os bolsos desbotados da minha calça jeans e então a chuto para longe. Eu devia incinerar isso.

Com essa ideia na cabeça, entro embaixo do chuveiro — e sufoco um grito quando a água quente atinge meu corpo. É doloroso no início, mas, à medida que a água lava minha pele, começo a relaxar. Os lugares em carne viva do meu punho onde estavam as cordas ardem, e os cortes ao redor dos nós de meus dedos também, enquanto a água encharca a pele morta, lavando o sangue coagulado e a sujeira. Inclino a cabeça para trás e encho a boca de água, depois cuspo para limpar o sangue dos meus dentes e da minha língua. A água que desce em círculos pelo ralo está manchada de um tom vermelho profundo, castanho. Observo-a, sentindo os horrores da noite passada desaparecendo ralo abaixo.

Nada aconteceu, lembro a mim mesma. Foi um pesadelo. Só isso.

Em algum lugar na casa uma porta se abre e depois se fecha. Congelo. Seguro a cortina do chuveiro, tentando me lembrar se tranquei ou não a porta da entrada.

— Sofia? — chama minha mãe. — Você já se levantou?

Desligo o chuveiro e me seco, apressadamente. Não me lembro de um dia ter sentido tanto alívio em ouvir a voz da minha mãe.

— Só estou tomando uma chuveirada. — Saio do banheiro e entro no meu quarto, onde rapidamente me visto. Apanho uma camiseta branca, uma calça jeans e meu moletom cinza desbotado com capuz. Uma vez que incinerar as roupas que eu estava usando não é exatamente uma opção, eu as enrolo num montinho e as enfio no fundo da lata de lixo que fica embaixo da minha escrivaninha.

Saio para o corredor, puxando as mangas do moletom por cima das mãos, para que minha mãe não veja a pele em carne viva dos nós de meus dedos. Mamãe, que está fechando a porta do quarto de vovó, me olha por cima do ombro e leva um dedo aos lábios para me pedir silêncio.

— Ela ainda está dormindo — explica. Cruzo os braços na frente do peito, estremecendo de dor quando meus dedos machucados roçam o tecido do moletom. Minha mãe inclina a cabeça, observando-me.

— Tá tudo bem? — pergunta. — É muito cedo. Estou surpresa por você já estar acordada.

— Sim, está tudo ótimo — respondo, mas as palavras se racham em minha boca. Lágrimas enchem meus olhos. Tento piscar para afastá-las, mas elas escorrem pelo meu rosto. É o fim da tentativa de fingir que não aconteceu nada.

— Sofia? — Minha mãe atravessa o corredor e me abraça. Por um instante, simplesmente me permito ser abraçada. As lágrimas correm mais depressa, até eu estar chorando tanto que meus ombros tremem. Minha mãe afasta meu cabelo ainda úmido da minha testa.

— Shhh — diz ela. — Shhh, está tudo bem. Me conte o que aconteceu.

— Eu... — reprimo meus soluços e me afasto dela, secando as lágrimas com as mangas do meu moletom. — Acabei de saber que uma amiga se suicidou. — Olho para meus pés descalços, certa de que mamãe vai descobrir que estou mentindo se olhá-la nos olhos.

— Oh, Sofia. — Mamãe me puxa de novo num abraço e apoia o queixo no topo de minha cabeça. Esfrega a mão nas minhas costas em círculos lentos, consoladores. — Meu amor, sinto muito.

Fecho os olhos, permitindo-me relaxar. Pela primeira vez em muitos dias, eu me sinto segura.

◆ ◆ ◆

Quinze minutos depois, estou sentada numa banqueta na cozinha e o cheiro de rabanadas enche o ar. Mamãe nunca foi uma grande cozinheira, mas aperfeiçoou suas rabanadas ao longo dos anos. Ela usa apenas o pão mais pesado e com casca crocante e sempre mistura um pouco de açúcar mascavo e uma pitada de canela na massa. Minha mãe tira a frigideira do fogo e coloca a rabanada no meu prato.

— Eu sei como tem sido difícil para você fazer amizades — diz ela, retirando o xarope de bordo e a manteiga da geladeira. — E depois do que aconteceu na última escola onde você estudou... — Ela balança a cabeça, e, baixinho, murmura: — Que tragédia mais desnecessária.

Eu me remexo, incomodada, na banqueta, e reviro a rabanada no prato. Não quero pensar no que aconteceu na última escola onde estudei, não quando meus pulsos ainda estão em carne viva por causa das cordas de Riley. Mas, agora que mamãe mencionou o assunto, não consigo deixar de perceber as semelhanças. Nas duas ocasiões eu achei que conhecia uma garota, achei que éramos amigas, e no final descobri o quanto estava errada.

Talvez haja um motivo para que essas coisas aconteçam sempre comigo. Talvez eu tenha alguma deficiência.

Mamãe coloca a frigideira na pia e atravessa a cozinha para aproximar-se de mim, e então afasta um de meus cachos úmidos do meu rosto.

— Mas você não pode desistir, *mi hija*. Acredito em você — diz ela. — Sei que você vai encontrar seu caminho.

É exatamente o que eu precisava ouvir no momento exato em que eu precisava ouvir, e pisco os olhos furiosamente, para não chorar. Mamãe coloca um prato na bancada ao meu lado, e eu cubro a rabanada com uma camada espessa de xarope de bordo. Não posso desistir.

♦ ♦ ♦

Fico acordada pelo máximo de tempo possível mas ao meio-dia meus olhos estão tão pesados que mal consigo mantê-los abertos. Digo a mamãe que estou indisposta e vou me deitar. Adormeço assim que me cubro com o edredom. Sonho.

Riley e eu estamos sentadas sobre os trilhos da ferrovia, compartilhando uma garrafa de vinho. Luzes vermelhas e alaranjadas tomam conta do céu. Nuvens correm acima de nós, e suas sombras fazem o rosto de Riley tremeluzir. O chão estremece — um trem está se aproximando.

— Verdade ou desafio — diz Riley. Ela parece perfeita, como no primeiro dia em que eu a conheci. Seu cabelo se reúne em torno dos ombros em espirais impecáveis, suas sobrancelhas são arcos altos. Suas faces estão tão rosadas e brilhantes que não parecem de verdade. A luz esquisita faz tudo ao redor dela cintilar. Ela toma um

gole de vinho, e uma gota espessa desliza pela garrafa e depois pelo seu queixo.

— Desafio — *digo. Riley abaixa a garrafa, mas agora ela não é mais Riley, é Brooklyn. Seus olhos estão pintados com lápis preto, o que os faz parecerem grandes demais em proporção à sua cabeça. O vinho que escorre pelo seu queixo se espessa. Não é mais vinho: é sangue.*

— Por que não verdade? — *pergunta ela. Os faróis do trem piscam através das árvores atrás dela.*

— Precisamos ir embora. — *Eu me levanto e tento segurar o braço de Brooklyn. As luzes do trem piscam.* — Brooklyn!

Seguro sua mão, mas não é mais a mão de Brooklyn — é a mão de Karen. Sangue escorre de sua boca, cobre seus dentes.

— Por que você não pode dizer a verdade? — *pergunta ela. O trem apita. O som parece o de um grito.*

O apito estridente ecoa em minha cabeça e eu acordo. Lá fora, os únicos ruídos que se ouvem são o do vento soprando contra o vidro da minha janela e o zumbido baixo das cigarras no gramado.

Foi só um sonho, digo a mim mesma. Um pesadelo. Minhas pálpebras estão pesadas, e estou prestes a adormecer novamente quando ouço mais uma vez: um grito agudo, estridente.

Eu me sento na cama. Com as mãos tremendo, acendo o abajur da mesinha de cabeceira. Está escurecendo lá fora. Devo ter dormido o dia inteiro.

Forço-me a tirar uma das pernas da cama, depois a outra. Estremeço a cada sombra que vejo, certa de que é Riley.

Mas os corredores estão vazios. Lá embaixo, no térreo, a porta de entrada está trancada. Tudo está silencioso, imóvel. Irritante.

— Olá? — sussurro, mas não há resposta. Eu dou um passo para a frente e abro a porta de casa.

Luzes vermelhas e alaranjadas fluorescentes tingem o céu. É aquela luz esquisita que deixa indefinido se é dia ou noite. Exatamente como no meu sonho. Hesito perto da porta, sem saber se ainda estou dormindo. O calor pressiona meus braços e se reúne sob meu cabelo espesso. Uma gota de suor escorre pela minha nuca. Isso é verdadeiro demais para ser sonho.

— Mãe? — digo, saindo para o alpendre. Ela deve estar acordada ainda. Provavelmente são só umas sete e meia, no máximo oito horas da noite. Mas a rua da nossa casa está estranhamente silenciosa: deserta. Depois do que aconteceu na noite passada, percebo o vazio com mais clareza. Não tem ninguém aqui para ver onde estou indo, ninguém para ouvir meus gritos.

Piso descalça na grama seca, que faz barulho sob o peso do meu corpo, pinicando as solas dos meus pés.

— Mãe? — chamo mais uma vez, rodeando nossa casa. A trilha da entrada se curva em direção à rua e circunda a casa, levando até um velho barracão nos fundos. O asfalto aquecido pelo sol queima as solas dos meus pés. Insetos zumbem no quintal, mas seu som é tão familiar que para mim é quase imperceptível.

O céu avermelhado lança sombras na trilha. Ando devagar, aproximando-me aos poucos da grande SUV preta de mamãe.

Uma sombra atravessa a trilha e eu congelo, reprimindo um grito. Então meus olhos retomam o foco e vejo um esquilo agachado ao lado de um arbusto. Solto um suspiro de alívio.

O que me atinge primeiro é o cheiro, o mesmo cheiro nauseante e intenso que senti embaixo das arquibancadas no meu primeiro dia de aula. Cheiro de frango que alguém esqueceu no lixo de um dia para o outro. De peixe esquecido ao sol. Lembro o gato esfolado e minha pele se arrepia. Tremendo, rodeio o carro.

Agora ouço outro som, o de pingos. Minha pele se arrepia de novo, em advertência. Seria melhor eu sair correndo. Mas, em vez disso, eu me aproximo ainda mais.

Velas brancas de sete dias ladeiam a trilha da minha casa, tremeluzindo ao crepúsculo. Um pentagrama negro pintado às pressas estende-se abaixo delas, e, no meio da estrela, há uma poça escura.

Ping. Ping. Ping.

Olho para cima.

Um corpo está pendurado no barracão de braços abertos, amarrado às calhas de chuva com uma corda espessa. Agora o corpo não parece mais nem remotamente humano. Sua pele foi retirada em tiras, revelando os músculos rosados, o sangue e os tecidos por baixo.

As únicas partes do corpo que continuam intactas são as mãos e os pés. Meus olhos fixam-se nos pés. Eles estão calçados com a sandália plataforma dourada de Grace.

Sufoco um grito e levo as mãos à boca. A cabeça de Grace oscila para a frente de um jeito antinatural, e seus olhos turvos e sem vida estão fixos no chão. Alguém raspou sua cabeça de modo a só deixar o couro cabeludo, sangrento. Seus braços estão abertos como numa crucificação. Sangue goteja de seu corpo.

— Grace! — grito. Não existe ninguém no mundo que poderia sobreviver ao que este corpo sofreu, mas apesar disso cambaleio em direção a ela. — Oh, meu Deus, Grace! Grace, não!

Tropeço em uma das velas e me espatifo com força no chão. Meu joelho se esfola. Estremeço de dor e tento me levantar. A vela espirra ao tombar sobre o asfalto.

Com o último clarão daquela vela vejo algo se movendo embaixo do corpo de Grace, e estaco. Brooklyn está agachada nas sombras com a cabeça abaixada, de modo que, no início, a única coisa que vejo é seu cabelo loiro espetado. Ela se levanta lentamente, os olhos grudados em mim, e entra no círculo de velas.

— Que engraçado — diz ela. — Não temos muito medo do fogo.

Ela sorri, segurando um canivete. As velas ao seu redor tremeluzem, fazendo a lâmina cintilar.

— Brooklyn — começo a dizer, mas as palavras ficam presas na minha garganta. Eu me lembro de Grace saltando de trás do banco da arquibancada no meu segundo dia de aula. Grace, que usava faixa de cabelo com estampa de oncinha e saia de lantejoula, e que tanto ficava empolgada com sua paixonite Tom. Ela deve ter sentido o mesmo alívio que senti ao fugir daquela casa esta manhã. Deve ter imaginado que, finalmente, aquela noite horrorosa ficara para trás. E agora está morta.

Não apenas morta: mutilada. Torturada. A bile sobe até minha garganta. Fecho os olhos com força, mas o corpo de Grace continua impresso no interior das minhas pálpebras. Sua pele, enrolada em tiras sob seus braços e pernas. Seu couro cabeludo, escalpelado, sangrando.

Abro novamente os olhos. Brooklyn se agacha e molha o dedo na poça de sangue de Grace, depois o leva até a boca. Seu sorriso se alarga quando ela lambe a lateral do dedo, chupando o sangue. Ela se levanta, segurando o canivete com mais força. Meu medo aumenta e dou um passo, cambaleando, para trás, trombando com a porta dos fundos da minha casa.

A porta se abre e eu me viro de repente, a tempo de ver minha mãe sair.

— Sofia? — diz ela, meio grogue. — O que está acontecendo? Ouvi uns barulhos aqui fora.

Olho por cima do ombro, mas Brooklyn não está mais lá. Minha voz se congela dentro da minha garganta.

— Mãe — gaguejo. — Eu...

Antes que eu possa pensar no que dizer, minha mãe olha para o corpo pendurado no barracão. O sangue se esvai de seu rosto e ela solta um grito.

CAPÍTULO VINTE E CINCO

— Mãe? — Um tremor começa a agitar minha mão, e se espalha pelo meu braço, até que todo o meu corpo esteja tremendo. Eu sou a culpada. Confiei em Brooklyn, deixei-a escapar. O gosto metálico e pungente de seu sangue ainda está na minha língua. Riley me disse que ela era maligna, mas não dei ouvidos. O que aconteceu com Grace é culpa minha.

Pouso a mão no braço da minha mãe e ela se enrijece, e, por fim, abaixa a mão que lhe cobre a boca.

— Entre. Tranque todas as portas e chame a polícia. — Sua voz está calma, mas gélida. Agora ela é a Sargento Nina Flores, técnica em medicina das Forças Armadas, e este é apenas mais um soldado abatido. Ela arregaça as mangas e começa a descer os degraus do alpendre. — Eu vou... Vou tirá-la dali de cima.

Hesito. Não quero deixar minha mãe aqui fora sozinha. Talvez Brooklyn ainda esteja escondida atrás de um arbusto ou carro estacionado.

— Sofia, obedeça! — O tom da minha mãe não deixa margem para discussão. Lanço um último olhar para o corpo destroçado de Grace, depois entro de novo em casa e subo as escadas, trêmula, para apanhar meu celular. Minhas mãos estão suadas quando chego no meu quarto, e duas vezes erro ao digitar os três números da emergência. Sou forçada a tentar uma terceira vez.

Finalmente:

— Nove-um-um. Qual é sua emergência? — pergunta uma voz automática do outro lado da linha.

— Eu... — Engulo em seco. — Minha amiga foi... — Não sei o que dizer. Mutilada? Torturada? Esfolada? Engulo em seco. — Minha amiga foi assassinada. Por favor, venham para cá.

Dou o endereço, depois desligo. Por um longo instante fico olhando para o aparelho, espantada. Riley tinha razão. A realidade dessa compreensão me atinge, e mal consigo respirar. Ela tinha razão, o tempo inteiro: Brooklyn está possuída. Matou o sr. Willis e, agora, Grace. Se minha mãe não tivesse aparecido, teria me matado também.

Talvez fosse melhor se tivesse mesmo. Talvez eu mereça.

— *Diablo*.

Congelo, chocada ao ouvir a voz da minha avó pela primeira vez em anos.

Diablo — diabo.

Vou até a porta do meu quarto, segurando com força o celular. O carpete espesso do corredor abafa o som de meus passos e a luz avermelhada do abajur do quarto da minha avó é a única luz que se vê ali. Ouço uma tosse violenta atrás da porta, parecida com a morte.

Piso um pé no corredor e vasculho por entre as sombras, em busca de algum cadáver. Não consigo piscar sem ver Brooklyn com aquele canivete, Brooklyn mergulhando um dedo na poça de sangue de Grace e depois lambendo-o. *É culpa sua*, meu cérebro sussurra para mim. *Tudo culpa sua.*

Afasto aquelas imagens e acusações. As sombras parecem se mexer ao meu redor, mas sei que é somente a minha imaginação. Brooklyn não está aqui.

O rosto de vovó parece cera derretida. Sua pele pende tanto que é difícil ter alguma noção dos seus traços. As contas do rosário batem contra a mesinha, e ela solta uma tosse áspera, rouca.

— Vovó? — Fico parada diante da porta, quase temerosa de entrar. Vovó inspira; o som parece o de um saco de papel sendo amassado. Ela desliza o polegar pelas contas do rosário. — Está tudo bem?

Vovó vira a cabeça lentamente para mim. As contas do rosário tremem em suas mãos frágeis e trêmulas.

— *Diablo* — sussurra ela. Um arrepio percorre a minha espinha. Ela não fala nada desde o derrame. Os médicos nem sequer tinham certeza se ela *podia* falar.

Vovó foca seus olhos turvos em mim. É como se olhasse através do meu corpo.

— *Diablo* — repete.

— Foi um acidente — digo, num silvo.

— *Diablo* — diz vovó, como numa prece.

— Não foi culpa minha. Foi um acidente, como da vez passada. — As palavras saem depressa da minha boca antes que eu consiga refletir sobre elas.

— *Diablo!*

Olho para a estátua da Virgem Maria no peitoril da janela de vovó. Ela emite um brilho branco no quarto tingido de vermelho. Vovó costumava me dizer que a confissão nos absolvia da culpa. Que admitir nossos pecados perante Deus nos tirava a responsabilidade sobre eles. Que Deus lava a culpa de nós. Que nos purifica novamente.

O que eu quero mais do que qualquer outra coisa no mundo, nesse momento, é ser purificada. Meu sonho ecoa em minha cabeça. Ouço o trem trovejante se aproximar pelos trilhos, e a voz longínqua de Karen. *Por que você não pode dizer a verdade?*

Caio de joelhos ao lado da cama de vovó e junto as mãos numa prece.

— Ave Maria, mãe de Deus — sussurro. — Perdoai-me, pois pequei.

Fecho os olhos e estou de novo na festa com Karen, humilhada e aos prantos.

Tropeço ao abrir caminho para sair da festa e alcançar o alpendre da casa. Quase espero que os outros me sigam, atirando cotonetes em mim. Mas não: provavelmente estão bêbados demais.

Não tenho muita certeza de onde ir agora. Não quero voltar para casa — seria humilhante demais ver minha mãe e minha avó depois disso. Lágrimas fazem meus olhos arder e escorrem pelo meu rosto.

O som agudo e alto do apito do trem ecoa na noite, seguido pelo barulho distante do seu motor. Desço cambaleando os degraus do alpendre e piso no quintal. Está escuro, mas o farol do trem tremeluz por entre as árvores. Começo a correr.

O som me acalma. É tão alto, tão onipresente que não consigo pensar em mais nada. Saio do meio das árvores e entro numa clareira logo em frente aos trilhos. A adrenalina inunda meu sangue, deixando-me inquieta. Agora as risadas e os cotonetes ficaram para trás, quase como se tivessem acontecido com outra pessoa. Como se tivessem sido um sonho.

As luzes do trem brilham por entre as árvores quando ele vira a curva. Sem pensar, piso nos trilhos. Eles tremem e chacoalham sob meu tênis. Fecho os olhos, e o mundo desaparece. Só existe eu, a terra trêmula e aquele som ensurdecedor.

— Sofia! — Abro os olhos e eu me viro. Vejo Karen cambalear por entre as árvores, ainda segurando sua cerveja. Quando ela corre em minha direção, o líquido espumante escorre pelas laterais do copo e cai no chão. — O que você está fazendo?

— O que tá parecendo? — Meus olhos pousam no rosto de Karen por tempo o bastante para que eu veja sua pele ficar pálida e seus olhos se arregalarem de espanto. Ótimo. Depois do que ela fez, merece sentir medo. Eu me viro de novo na direção do trem. Quero encará-lo de frente. A luz se aproxima.

Karen para a poucos centímetros dos trilhos.

— Meu Deus do céu! Foi só uma brincadeira.

— Brincadeira? — digo. — Você acha que vai ser engraçado quando encontrarem meu corpo amanhã e todo mundo jogar a culpa em você?

Os trilhos tremem violentamente sob meus pés. Está difícil manter o equilíbrio, como se eu estivesse num trampolim elevado olhando para o lado, preparando-me para saltar. O trem apita mais uma vez, e uma onda de hesitação me assola. O que estou fazendo? Não quero morrer.

O rosto de Karen se contorce. Ela solta a cerveja e segura meu braço.

— Sofia, saia já daí!

Seus dedos gelados se fecham com força em torno dos meus pulsos, enojando-me. Não quero morrer, mas a opção que me resta — deixar que Karen me salve, voltar para a festa onde fui humilhada — é ainda pior.

Pisco diante do farol, incapaz de me mexer. Agora a luz está tão próxima que não consigo olhá-la diretamente...

— Karen pulou na frente do trem — sussurro no quarto avermelhado da minha avó. — Ela me empurrou para fora dos trilhos. Ela... ela salvou a minha vida. — Fungo e seguro a mão de vovó. — E por isso morreu.

Da janela brilham luzes, tingindo a Virgem de azul e vermelho. Atravesso o quarto de vovó e afasto as cortinas para o lado. Uma ambulância está estacionando no meio-fio. Paramédicos saltam e correm na direção do corpo sem vida de Grace.

Dou um passo para trás, e as cortinas deslizam novamente para seu lugar. Vovó me olha fixamente com aqueles olhos vítreos e, devagar, ergue um dedo.

— *Diablo*... — diz, com voz rouca. Minha pele se arrepia de horror, não pelo que ela está dizendo, mas pelo vazio rascante de sua voz. Não é mais minha avó quem está falando. Aquela voz nem sequer parece mais humana.

— *Diablo...* — diz ela, apontando para mim. Dou um passo para trás, afastando-me da sua cama.

— Vovó, não — protesto. Mas ela tem razão. Eu deixei Brooklyn escapar, portanto a morte de Grace é culpa minha, assim como a de Karen. Se Brooklyn apanhar Riley, serei responsável por essa morte também.

Sinto como se estivesse naqueles trilhos novamente, piscando diante das luzes do trem que se aproxima. Só que, dessa vez, sei exatamente o que fazer. Não posso ser responsável pela morte de mais uma garota, ainda que seja Riley. Preciso encontrá-la antes de Brooklyn e salvar sua vida. É a única maneira de eu conseguir me perdoar pelo sangue que já mancha minhas mãos. É a única maneira de Deus me perdoar.

Eu me viro e saio cambaleando, às pressas, do quarto. A voz sussurrante de vovó me acompanha escada abaixo:

— *Diablo... Diablo!*

CAPÍTULO VINTE E SEIS

Saio pela porta dos fundos para que mamãe não me veja. Não tenho tempo para explicar tudo para ela, não quando Riley corre perigo. Fecho a porta com cuidado e atravesso o quintal correndo, descalça. A grama orvalhada enregela meus pés, por isso paro na garagem e calço as galochas de jardinagem da minha mãe. Depois, recomeço a correr.

Chamo o nome de Riley três vezes, mas ela não responde. Estou sem fôlego quando alcanço a trilha da sua casa.

A mansão palaciana de Riley assoma diante de mim, as janelas escuras. Imagino o pior: o corpo de Riley destroçado ali dentro. Brooklyn de pé diante dele, o canivete gotejando sangue em sua mão. Horrores rodopiam pela minha cabeça enquanto eu me aproximo da casa.

Arbustos perfeitamente podados ladeiam a trilha da entrada. Uma mangueira de jardim está enrolada num canto, de modo impecável. Na porta da frente há uma plaquinha feita à mão escrito BEM-VINDOS. Está tudo errado. A família de Riley não merece isso. Brooklyn não pode destruir essa vida perfeita.

A cortina de uma das janelas se mexe e meu coração dá um pulo no peito.

— Riley? — Subo os degraus, trêmula, e piso no alpendre. Levanto a mão e bato na porta, que se abre sob meu punho fechado.

Todo o meu corpo se tensiona. Eu deveria sair correndo, fingir que nunca estive aqui. Porém, assim que penso em ir embora, a voz rouca da minha avó sussurra em meu ouvido. *Diablo, diablo.*

— Riley? — Entro no corredor escuro e corro a mão pela parede. Meus dedos encontram o interruptor de luz e então o lustre de cristal pendurado no teto se acende.

Marcas de dedos sangrentos estendem-se pela parede, como se alguém tivesse arrastado uma mão sangrenta ali. Há arranhões fundos na madeira, e as fotos emolduradas do hall de entrada pendem tortas. Várias caíram no chão, o vidro das molduras rachados. Eu dou um passo à frente e observo-as com atenção. Alguém desenhou carinhas sorridentes sobre as fotos. Parece uma pintura de criança. No canto de uma das fotos, vejo o mesmo pentagrama que foi desenhado sob o corpo de Grace. Brooklyn esteve aqui.

Um zumbido abafado ecoa em meus ouvidos quando entro no hall. São as cigarras lá de fora, como sempre. Mas elas soam mais altas agora, mais próximas. O chão parece tremer, como os trilhos do trem na noite da festa. A qualquer instante o meu mundo pode entrar em colapso. *Riley*, chamo outra vez. Sigo até a sala, onde encontro móveis derrubados, uma televisão estilhaçada e travesseiros rasgados. Uma camada felpuda de penas cobre o carpete. Chuto-as com minha bota e cruzo o cômodo, estudando o estrago. As penas finas e brancas grudam em meu jeans, em minha mão e meu cabelo. Elas fazem cócegas na minha pele, provocando tremores pelo braço. Alguma coisa cai no chão com um baque. Viro na direção do som, o coração martelando, mas é só um livro. Os livros foram retirados das prateleiras, as páginas arrancadas das capas, amassadas e espalhadas na destruição como confetes. Brooklyn arrastou sua faca nas cortinas, cortando-as em pedaços, estraçalhou as janelas. Pedaços de vidro estavam sobre o carpete e um ar quente e pegajoso movimentava o que sobrou das cortinas, agitadas pela brisa. Uma estranha luz avermelhada crepuscular banha o chão, pintando toda a sala da cor do sangue e do fogo.

— Riley? — Saio da sala de estar e vou até a escadaria. — Riley, você está aqui?

Seguro o corrimão com dedos trêmulos. Ao subir, cada degrau range sob minha galocha. Brooklyn pode estar escondida em qualquer um desses cômodos, retalhando o corpo de Riley com seu canivete assim como fez com o de Grace. À minha espera.

Minhas mãos tremem. Paro diante da primeira porta e seguro a maçaneta. *Tudo bem sentir medo*, lembro a mim mesma, respirando fundo o ar parado e quente do corredor. A única coisa que não posso fazer é sair correndo.

Abro a porta.

É apenas um armário de casacos, vazio e escuro. Meus ombros se abaixam, aliviados. Estico a mão e puxo a cordinha de metal que está pendurada no teto.

A luz se acende, fazendo cintilar as impressões de mãos recentes que cobrem as paredes de sangue. A boneca de porcelana que estava no sótão agora está pendurada no teto, com uma corda grossa ao redor do seu pescoço. O fogo enegreceu a maior parte de seu rosto e devorou seu cabelo. As órbitas dos seus olhos estão vazias; os olhos de vidro turvo se foram.

– "Shout to the... Shout to the..."

A música irrompe e me assusta. Reprimo um grito e procuro no interior do armário até encontrar o CD player cor-de-rosa na prateleira de cima. Fico na ponta dos pés e o apanho, mas sem querer o derrubo no chão. Eu me ajoelho, abro o deque e tiro de lá o CD, depois o guardo no armário. Levanto e fecho a porta, com o coração aos pulos. Cerro os olhos com força e trombo na parede às minhas costas. É só um CD player, digo a mim mesma.

Continuo em frente pelo corredor, abrindo uma porta de cada vez, sempre me preparando para o que poderei encontrar dentro de cada cômodo. Sou recebida com mais destruição: um banheiro repleto de papel higiênico picotado, um quarto de hóspedes vazio a não ser por alguns poucos móveis quebrados.

Deixo o quarto de Riley por último.

Eu me aproximo dele devagar, como me aproximaria de um cão raivoso ou de um animal selvagem. Viro a maçaneta completamente, para que a tranca não faça barulho ao se abrir. Então encosto a cabeça na madeira da porta para ouvir. Silêncio. De início. Depois, escuto sussurros.

— Riley? — Minha voz sai trêmula. Escancaro a porta e entro aos trambolhões, preparando-me para o que Brooklyn possa ter feito.

Mas o quarto de Riley está imaculado: nenhum móvel destruído, nem vidraça estilhaçada, nenhum sangue nas paredes. Ando até a penteadeira e acendo o abajur. Um brilho dourado se espalha pelas echarpes e frascos de vidro que cobrem a penteadeira, lançando fragmentos estilhaçados de luz colorida sobre a madeira, que iluminam os olhos vítreos sem vida da boneca de porcelana de Riley e a colagem de fotografias que cobre o espelho.

Paro diante do espelho e corro um dedo ao longo da borda de uma das fotos, que mostra Riley, Grace e Alexis na casa do lago. As três estão relaxadas e felizes. Quando Riley me convidou para ir até seu quarto, eu me lembro de ter desejado que minha foto também fizesse parte da colagem do espelho, que estivesse no meio das fotos de Grace e Riley. Agora, isso parece impossível.

Retiro a foto do espelho e observo os rostos de Grace e Alexis. Tem algo de horrendo em seus sorrisos, principalmente quando me lembro de como morreram. É como se o mundo tivesse pregado uma peça cruel nas duas. Apesar disso, guardo a foto no meu bolso. Melhor lembrá-las assim, como eram.

Ouço mais uma vez: sussurros.

Começo a me virar e pelo canto do olho vejo a cama de Riley refletida no espelho. Congelo. Tem alguém ali, deitada sob o edredom.

— Riley? — A tensão acumulada em meu peito de repente cede. Expiro e atravesso o quarto correndo. — Meu Deus, Riley! Eu estava gritando seu nome lá embaixo. Você está bem?

Desajeitadamente pego a ponta do edredom e o puxo para trás.

O cadáver de Alexis vira de lado. As poucas mechas remanescentes de cabelo loiro fino que continuam presas em seu couro cabeludo flutuam sobre seu rosto. Carne carbonizada borbulha como alcatrão ao redor do buraco onde o nariz dela deveria estar, e flocos de pele vermelha e queimada ficam grudados no travesseiro. A pele de suas bochechas se descama, deixando entrever os ossos e os músculos por baixo.

A bile sobe até minha garganta, mas não consigo afastar os olhos. Os dentes de Alexis continuam intactos, mas enegrecidos; o fogo devorou seus lábios, deixando sua boca congelada num eterno esgar. Até mesmo seus olhos se foram: a única coisa que restou são duas órbitas profundas e vazias.

O som começa de novo. Não é um sussurro, não exatamente. Parece mais um som seco de estalos, como o de unhas batendo uma na outra. Estaco, com o estômago revirado.

A boca de Alexis se abre.

— Caralho. — Tropeço para trás, sem desgrudar os olhos dela. Algo está se mexendo no fundo da garganta de Alexis, contorcendo-se no escuro; em seguida uma pequenina pata peluda cobre os dentes dela.

A barata se arrasta pela língua de Alexis e em seguida pelo seu peito. Uma segunda barata para no céu da sua boca, remexendo as antenas, e me observa com olhos negros vítreos.

Dezenas de baratas saem de sua boca e percorrem seu corpo. Elas se aninham nos restos carbonizados de suas roupas, afundam-se em seus cabelos loiros. Algumas entram pelos seus ouvidos. Caminhando umas por cima das outras, saem do nariz, da boca e das rachaduras do crânio de Alexis. Uma antena emerge da bochecha dela quando uma barata surge por entre a carne apodrecida e mole de seu rosto.

O barulho de estalos aumenta tanto que impede que eu escute qualquer outra coisa. Uma barata arrasta-se sobre o toco queimado do queixo de Alexis e solta um silvo. Suas asas finas como papel se desdobram das costas.

Grito tanto que minha garganta fica ardendo. Eu me afasto do corpo de Alexis, tropeço em um travesseiro e caio de joelhos. As baratas se multiplicam, cobrem a cama como um cobertor e caem sobre o chão numa massa marrom movente. Tento me afastar, mas é tarde demais. As baratas sobem pelas minhas pernas e pelos dedos das minhas mãos. Suas patinhas cobrem meus braços. Elas entram no meu cabelo e deslizam por baixo da minha roupa. Uma delas caminha pela gola da minha camiseta, depois cai dentro do meu sutiã, e suas antenas se retorcem contra a minha pele. Outra se arrasta pela lateral do meu rosto e silva junto ao meu ouvido.

Eu me levanto e saio correndo até a porta. O abajur de pé se acende e lança nas paredes sombras compridíssimas de baratas. Olho por cima do ombro. Elas estão subindo a cúpula do abajur, agitando as asas. Agora estão em toda parte: sobem pelas paredes, cobrem todo o chão. Uma camada espessa de baratas enxameia sobre a janela, bloqueando a luz do luar.

Escancaro a porta e saio correndo até o corredor, depois bato a porta com força atrás de mim. Baratas silvam e estalam atrás da madeira, e pelo vão minúsculo que existe entre a porta e o carpete vejo suas sombras tremeluzentes. Trombo na parede às minhas costas. Sinto as baratas se arrastando pelo meu corpo, deslizando pela minha camiseta, prendendo-se na minha nuca. Bato nos meus braços e pernas como louca, mas minhas mãos voltam vazias. Fecho os olhos, solto o ar dos pulmões e deslizo o corpo pela parede.

Algo pinga em meu nariz. Meus olhos se abrem num segundo.

O teto está inchado de sangue. Gotas grossas e pegajosas escorrem sobre mim, cobrindo meu cabelo e meus ombros, deslizando pelo meu rosto. Eu me afasto da parede, e minhas galochas escorregam no sangue espalhado pelo corredor quando saio correndo até a escada. Seguro o corrimão para não cair. Uma barata se arrasta pelos meus dedos e eu berro, atirando-a para longe.

O ar se mexe atrás de mim, e os silvos e estalos das baratas se silenciam. Todos os pelos da minha nuca ficam em pé.

Alguém está ali, no corredor. Posso sentir. Imagino Alexis saindo da cama de Riley, a pele coberta de cinzas e fuligem desintegrando-se de seu rosto a cada passo que ela dá.

Não olho para trás. Não quero saber se é mesmo verdade.

Desço os degraus da escada de dois em dois. O teto chove sangue, e enxames de baratas arrastam-se pelas minhas galochas. O peso da escadaria se move sob meus pés. Sinto aquela coisa vindo atrás de mim, sinto que ela se aproxima, que estende suas mãos vermelhas, queimadas, em carne viva para me pegar.

Salto os últimos três degraus e caio trôpega no hall de entrada, de quatro. Cacos de vidro alojam-se em meus joelhos e cortam as palmas de minhas mãos. Eu me levanto e me lanço aos tropeções na direção da porta da entrada, depois no alpendre.

O céu ainda está iluminado com aquela luz apavorante, como se estivesse em chamas. É uma luz diabólica. A luz do demônio.

Só paro de correr quando chego na calçada, e então me apoio na caixa de correio de Riley, ofegante. Olho para a casa, tentando me preparar para encarar o que está prestes a sair por aquela porta.

Porém, a casa simplesmente continua em silêncio, as janelas escuras. Nenhum sangue escorre por baixo da porta da entrada; nenhum enxame de baratas toma conta do alpendre. As folhas dos arbustos perfeitamente podados se agitam com a brisa quieta, depois param.

Enquanto saio correndo daquela casa, a cortina da janela do quarto de Riley flutua, como se numa despedida.

CAPÍTULO VINTE E SETE

Saio caminhando trôpega pelo bairro de Riley, sem saber o que fazer em seguida. Cada mansão imensa daquela rua parece exatamente igual à do lado, portanto imagino que cada uma esteja repleta dos mesmos horrores. Abraço meu corpo, tentando não tremer. Ainda preciso encontrar Riley. Se aquilo foi o que Brooklyn fez com a casa dela, mal consigo imaginar o que terá reservado para a própria Riley.

A impotência me assola. Agacho junto ao meio-fio e abaixo o queixo entre as mãos, tentando me acalmar. Não conheço Riley tão bem a ponto de saber para onde ela iria em vez de voltar pra casa. Para a casa de Josh, talvez? Não: Alexis disse que eles terminaram o namoro. Minha garganta se aperta quando me dou conta de que todas as outras amigas de Riley estão mortas.

Eu me inclino para a frente e algo dentro do meu bolso estala. Estremeço, me lembrando das baratas. Enfio a mão no bolso e saco de lá um papelzinho amassado.

É a foto de Riley, Alexis e Grace na casa do lago. Observo-a por um longo momento. Alexis de biquíni branco, sua pele macia e perfeita bronzeada num tom moreno dourado. Riley sentada ao seu lado, o cabelo preso com uma echarpe de seda. Todas parecem tão perfeitas. Como modelos de revistas.

Riley disse que ia para a casa do lago quando queria ficar a sós. Fica perto do lago Whitney, a meia hora de distância de carro. É longe demais para ir andando. Preciso de um automóvel.

Penso em pegar o carro de mamãe, mas descarto a ideia quase em seguida. Com os paramédicos e o cadáver de Grace, nossa trilha de entrada provavelmente continua igual a uma cena de filme da máfia.

Tiro o celular do bolso do moletom e rapidamente busco o número de Charlie. Lembro da caminhonete vermelha dele e meu polegar paira nervosamente sobre a tela.

Até que finalmente reúno coragem para lhe mandar uma mensagem de texto: *daria pra vc vir me pegar? é uma emergência.*

Envio o endereço de Riley e aperto o botão "Enviar". Depois espero. Em seguida, o celular vibra na minha mão.

Chego em 10 min.

Entrelaço as mãos, nervosa. Sinto que cada segundo que passa pode ser definitivo na questão de salvar Riley ou deixá-la morrer.

— Depressa! — sussurro baixinho. Guardo novamente o celular no meu bolso e caminho até o alpendre. Estico o moletom até que cubra minhas mãos e me sento no degrau de cima, aproximando os joelhos dobrados contra o peito.

Por sorte, não demora nem dez minutos para a caminhonete vermelha de Charlie aparecer na rua e parar lentamente na frente da casa de Riley. Charlie abre a porta e salta sem nem sequer desligar o motor. Está de calça jeans desbotada e moletom, e seu cabelo está espetado para todas as direções.

— Sofia, o que foi? Tá tudo bem? — Ele para na minha frente e tenta segurar meu ombro, mas eu imediatamente me afasto. Eu me sinto suja, como se todos os horrores desse fim de semana estivessem estampados na minha cara. Como se ele fosse descobrir o que eu fiz só de olhar para mim.

— Preciso pegar seu carro emprestado.

— O quê? — Charlie franze a testa, e a covinha some da sua bochecha.

— É uma longa história. Mas preciso ir pra um lugar, agora.

Ele se inclina e me dá um beijo na testa. Um par de dias atrás isso teria me dado um arrepio no estômago, mas agora sinto como se fosse algo que eu tivesse roubado. Não mereço um cara como Charlie.

— Você pode me contar essa longa história no caminho — diz ele. — Eu te levo para onde você tiver que ir.

Começo a balançar a cabeça antes mesmo que ele termine de falar. O rosto de Charlie estampa sua mágoa.

— Olha. Você não pode vir comigo. Não dá pra explicar agora, mas você... simplesmente não pode.

A testa de Charlie se franze mais ainda.

— Sofia, se você estiver com algum problema, eu quero te ajudar.

— Mas você *não pode*. — A frase sai mais frenética do que eu queria, mas não consigo me controlar. Estou correndo contra o tempo. — Charlie, você é um cara maravilhoso, de verdade, mas é melhor ficar longe de mim.

Charlie dá uma risada e tenta me tocar mais uma vez.

— Não, não é verdade.

Eu me afasto dele, pressionando o corpo na caminhonete.

— É verdade, sim — retruco, deslizando os dedos para a maçaneta da porta. — Fiz coisas terríveis. Você me odiaria se soubesse. Provavelmente vai me odiar por isto, mas vai ser melhor assim.

Charlie balança a cabeça.

— Do que você está falando?

Em vez de responder, eu abro a porta do carro, ainda de costas, e deslizo para o banco do motorista, depois fecho a porta. Antes que ele possa alcançar a maçaneta, já acionei a trava.

— Desculpa! — grito. Charlie bate no vidro da janela, e um *fwwump fwwmp* abafado ecoa pela caminhonete.

— Sofia! — grita ele, mas sua voz parece distante. Engato a primeira. Se eu virar para ver a cara dele de quem foi traído, não vou conseguir fazer o que preciso. Fecho os olhos quando piso no acelerador e mantenho-os fechados quando a caminhonete começa a se movimentar.

Quando torno a abrir os olhos, minha visão está turva de lágrimas, e mesmo que eu quisesse não conseguiria ver o rosto dele.

◆ ◆ ◆

Busco *Lago Whitney* no meu celular enquanto dirijo, e sigo as direções até chegar a um parque enevoado e plano rodeado por uma densa floresta. Desacelero a caminhonete de Charlie assim que a estrada se estreita e continua sinuosa por entre as árvores. A lua espia por cima dos morros a distância e se reflete nas águas do lago imóvel, emprestando um brilho cinzento e prateado às árvores por entre a neblina.

Fileiras de casas tomam conta da margem do lago, e, justamente quando eu começo a temer não encontrar a casa de Riley a tempo, a estrada vira mais uma curva e termina diante de uma praia particular numa pequena baía cheia de abetos. Mais além do topo das árvores, avisto um telhado cinza-escuro com uma chaminé. Estaciono a caminhonete e abro a porta, mas deixo o motor ligado, como Charlie fez. Talvez eu e Riley tenhamos de fugir depressa daqui. Enfio as mãos nos bolsos do moletom e caminho apressada pela trilha de cascalho.

Imediatamente reconheço, das fotografias, a casa do lago da família de Riley. É um chalé baixo e amplo, feito de madeira cinzenta desgastada pelo tempo. Janelas que vão do chão ao teto cobrem uma lateral inteira, mostrando uma sala escura decorada com móveis modernos e elegantes. Um deque estreito de madeira se estende em direção ao lago. Imagino Riley e Alexis esticadas em toalhas de praia no deque e desacelero o ritmo. Tenho certeza de que estou no lugar certo, mas parece vazio.

Então algo se mexe no alpendre e eu me viro, estreitando os olhos.

Riley está enrolada num cobertor aconchegada numa das cadeiras de madeira, segurando uma xícara de chá. Ela estremece ao me ver caminhando em sua direção, depois pousa a xícara no chão e se levanta. O cobertor cai dos seus ombros.

— Sofia. — Sua voz treme quando ela pronuncia meu nome. — Oh, meu Deus do céu. Eu pensei que...

Ela deixa o resto da frase no ar, mas sei o que ela queria dizer. Ela pensou que eu tivesse morrido naquela casa com Brooklyn. Pensou que eu tivesse morrido no incêndio.

— Precisamos ir. — Não é minha intenção que meu tom saia tão duro e raivoso, mas é o que acontece. Por mais aliviada que eu esteja por Riley não estar ferida, não posso simplesmente esquecer o que aconteceu na noite passada... O fato de ela ter me deixado para trás, para morrer queimada viva, as coisas que ela fez comigo e com Brooklyn.

Ela analisa meu rosto, e algo se racha dentro dela. Lágrimas escorrem pelas suas faces.

— Sofia, as coisas saíram totalmente do controle — diz ela. — Não sei o que...

O motor da caminhonete solta um estouro, interrompendo Riley. Dou um passo e seguro seu braço.

— Podemos conversar sobre isso mais tarde — retruco, olhando nervosamente para trás. — Agora a gente precisa dar o fora daqui.

Riley franze a testa.

— Por quê? O que aconteceu?

— Grace — respondo. — Ela morreu.

Riley arregala os olhos, horrorizada, e dá um passo para trás.

— Não.

— Foi Brooklyn — continuo. — Você tinha razão sobre ela, o tempo inteiro. Ela é má. Matou Grace e agora está vindo atrás de você.

Riley leva a mão à boca. O silêncio me enerva, e sinto minha nuca se arrepiar. Abraço o meu próprio corpo.

Então me dou conta: o motor. Não estou mais escutando o barulho.

— Oh, meu Deus — sussurro. Eu me viro e dou alguns passos na trilha de cascalho. Ouço o barulho dos pés de Riley atrás de mim. Quando olho para o local em frente à praia onde estacionei a caminhonete de Charlie, congelo.

Brooklyn está encostada no capô, atirando as chaves da caminhonete de uma mão para a outra. Ao me ver, ela sorri.

— Oi, Sofia — diz. — Pega.

E atira as chaves no lago.

CAPÍTULO VINTE E OITO

Brooklyn se afasta da caminhonete. Seu sorriso é só dentes, e quanto mais olho para ele, mais parece uma careta. Brooklyn arrancou a pele da bochecha de Riley com aqueles dentes. Meus joelhos amolecem e quase caio no chão, ali mesmo.

— Oh, meu Deus. — Riley solta o ar num silvo. — Brooklyn. Brooklyn torce o nariz. Seus pés esmagam o cascalho.

— Oi, meu amor. Tava com saudades?

— Brooklyn, pense bem — imploro, mas ela passa direto por mim, como se eu não estivesse ali. Um martelo está enfiado no cós da sua calça jeans. Meu estômago se revira. Ninguém está bloqueando meu caminho até a estrada de terra, agora. Eu poderia sair correndo até lá e pedir carona. Foi o que Riley fez comigo naquela casa incendiada. Seria quase poético. Os músculos de minhas pernas se tensionam, preparando-se para correr.

Chamas estalam sob os dedos dos pés de Brooklyn. A cada passo seu, ela deixa uma chama enrodilhada para trás, que de início arde azulada, depois arrasta-se pelo cascalho branco da trilha com bordas alaranjadas e vermelhas.

Qualquer esperança que eu tinha de fugir correndo desaparece ao ver aquelas chamas crescentes. Eu sabia, lá no fundo, que Brooklyn era capaz disso. Vi o que ela fez com a vela no sótão, mas me convenci de que não passou de coincidência, sorte. Agora olho para o fogo, observo-o enovelando-se para o alto, lambendo o chão. É maligno — ela é maligna. Não há nenhum lugar para onde eu possa fugir. Aonde quer que eu vá, Brooklyn irá me encontrar.

— Gostou? — pergunta Brooklyn. Riley abre a boca, depois fecha de novo. Brooklyn franze a testa. — Que foi? Não está impressionada?

— Eu... — O corpo de Riley voa para trás e as palavras se perdem na sua garganta. Ela bate com força na parede da casa do lago. O revestimento cinza estremece quando ela desliza até o chão. Parece morta, mas então ergue uma mão trêmula até o rosto para afastar o cabelo dos olhos.

Brooklyn para a poucos metros de distância da casa. Chamas lambem seus pés, mas ela não parece sentir nada. Levanta os braços e os abre para os lados, como uma cruz. À luz fraca, sua pele parece fantasmagoricamente branca, e os ferimentos feitos pela faca de Riley e pelos fósforos se destacam pelo contraste gritante. Os cortes avermelhados e o sangue coagulado quase parecem falsos, como se tivessem sido desenhados com aquele tipo de tinta a óleo barata que vem junto com as fantasias de Halloween.

Diante de meus próprios olhos, o sangue entra novamente nas feridas e desaparece, e a pele se reconstrói, restando apenas linhas rosadas tênues. A ponta do seu dedinho cresce e se recompõe. É como assistir a um desses programas de natureza em que aceleram o tempo e uma flor desabrocha em segundos. O mal paira ao redor de nós, espesso e sufocante. Eu não poderia correr agora, nem mesmo se quisesse. O ar, como uma lama, faz meus braços e pernas pesarem, segurando-me no lugar.

As cicatrizes de Brooklyn tornam-se ainda mais tênues e então desaparecem completamente. Ela esfrega as mãos sobre os braços, sorrindo.

— Nossa, isso foi massa — diz ela.

Riley solta um soluço engasgado e abaixa novamente a cabeça. Seu cabelo oscila diante de seu rosto banhado de lágrimas. Ela aperta as mãos na frente do corpo.

— Ave Maria, mãe de Deus... — sussurra.

— Seu Deus não está nem aí para o que você fala — vocifera Brooklyn. — Tá a fim de ver uma crucificação de verdade?

Brooklyn atira o corpo de Riley para trás, fazendo com que bata com força na lateral da casa mais uma vez. Os braços de Riley se estendem para os lados, formando uma cruz. Ela geme, lutando contra alguma barreira invisível que a prende onde está, e solta um grito engasgado, cheio de terror.

Brooklyn para diretamente na frente de Riley. O fogo devora a terra atrás dela, espirrando e estalando alto ao vento. A fumaça deixa o ar enevoado. Parece uma miragem.

Brooklyn olha para mim e pisca um olho, como se estivéssemos compartilhando uma piada. Saca o martelo de trás da calça.

— Sofia, me ajude! — berra Riley. Ela atira a cabeça contra a parede atrás de si, fazendo a madeira rachar. — Me ajude, me ajude, por favor!

Quero olhar para o outro lado, mas não faço isso. Parece covardia, como se o mínimo que eu pudesse fazer já que não posso salvar Riley fosse observá-la morrer. Talvez seja essa a piadinha de Brooklyn. Mais uma vez sou obrigada a assistir a algo terrível acontecer na minha frente, incapaz de fazer qualquer coisa para impedir.

Os lábios de Brooklyn se curvam num sorriso maldoso. Ela retira um comprido prego prateado do bolso.

— Fique parada. — Ela posiciona o prego bem na frente da palma da mão de Riley. — Isso vai doer. Muito.

Ela bate o martelo, enfiando o prego bem fundo na mão de Riley, prendendo-a na casa atrás dela. Riley berra. Brooklyn martela mais uma vez, depois outra. Imagino o prego perfurando a pele, os ossos, os músculos. A bile sobe na minha garganta e eu também grito. O som irrompe do meu corpo e ecoa até meu peito arder e minha garganta ficar rouca e minha cabeça doer.

Não estou gritando por Riley. Estou gritando porque a próxima serei eu.

— Ah, *isso sim* é uma crucificação — declara Brooklyn. Levanto a cabeça a tempo de ver Brooklyn posicionar um prego sobre a outra mão de Riley e martelá-lo. Levo as mãos ao rosto, fechando os olhos com força. Não quero mais ver nada, mas meus olhos se abrem e fico observando Riley e Brooklyn pelas frestas dos meus dedos.

O corpo de Riley amolece e seu peso faz força contrária à dos pregos que a prendem. A essa altura, o fogo já atingiu a casa; espalha-se pelo gramado, sobe pelas paredes. A tinta cinza borbulha sob as chamas.

— A... Ave Maria... — tento rezar, mas as palavras não saem da minha garganta. Fecho os olhos com força, tentando imaginar a estatueta da Virgem no peitoril do quarto da minha avó, mas não consigo sustentar sua imagem. É como se ela tivesse me abandonado.

Brooklyn vira o martelo e enfia a parte de trás, afiada, bem fundo no peito de Riley. Riley abre a boca, mas, em vez de palavras, solta um gorgolejo úmido. O sangue borbulha ao redor de seus dentes. Brooklyn martela suas costelas, deixando sua camiseta branca fina em trapos. Então deixa cair o martelo, provocando um estrondo metálico na trilha. Estica o braço e retira alguma coisa do peito de Riley.

Um coração. O coração de Riley.

A cabeça de Riley pende para a frente. Ainda segurando o coração dela, Brooklyn se vira para me encarar.

Minhas pernas se tensionam, mas não consigo correr. Não existe nenhum lugar na face da Terra em que eu possa estar a salvo de Brooklyn. Sei o que vai acontecer agora. Se ficar aqui e enfrentar meu destino, pelo menos não morrerei como uma covarde.

Brooklyn dá um passo na minha direção. Tento ser forte, mas o som dos pregos puxando a pele de Riley ecoa nos meus ouvidos. Quando fecho os olhos, vejo Grace pendurada no barracão, seu sangue gotejando na trilha da minha casa. Brooklyn não é fã de mortes rápidas e simples.

— Por que tanto rancor? — pergunta ela, e solta o coração de Riley, que cai no chão com um ruído abafado e úmido. Olho para o ombro de Brooklyn, para a cauda coberta de penas da sua tatuagem de Quetzalcoatl, enquanto ela se aproxima de mim. Eu me concentro naquela tatuagem para não ver o sangue desabrochando na camiseta de Riley, nem a cicatriz em forma de semicírculo no pescoço de Grace, nem o modo como os dedos de Alexis estavam curvados em direção à palma de sua mão. Apesar disso, minhas mãos tremem. Não quero morrer.

— Não percebeu ainda? — pergunta Brooklyn, e enfia uma mecha de cabelo espetado atrás da orelha. O sangue cobre sua mão como uma luva, que deixa uma linha vermelha ao longo de sua bochecha.

— Percebi o quê? — sussurro. À nossa volta, as cigarras cantam.

Brooklyn me abraça e sussurra em meu ouvido:

— Que o mal já mora dentro de você.

O zumbido dos insetos se transforma no apito do trem. Fecho os olhos com força, tentando afastar a lembrança, mas não consigo. Imagens daquela noite sobre os trilhos lampejam por trás dos meus olhos cerrados. Vejo o farol do trem a distância. Ouço os gritos de Karen.

— *Sofia, sai dos trilhos! — Karen solta a cerveja e segura meu braço, tentando me puxar dali. Mas eu não me mexo. O trem apita mais uma vez. Pisco diante do farol. Está tão próximo agora que não consigo olhá-lo diretamente.*

— Ah, meu Deus! — exclama Karen. — Sofia, por favor. Isso não tem graça nenhuma!

Ela tenta me puxar mais uma vez, mas agora eu é que seguro seu pulso com força e puxo-a para a frente. Ela fica tão surpresa que tropeça sobre os trilhos, ao meu lado.

— E eu por acaso estou rindo? — vocifero para ela, e saio exatamente no instante em que o trem passa num estrondo.

Abro os olhos. Brooklyn está me observando, sorrindo. Algo se agita dentro de mim, algo espesso e sufocante. *Não*. Coço a minha pele, deixando marcas vermelhas nos meus pulsos. O mal mora dentro de mim. Eu sinto. Coço com mais força para puxá-lo de dentro do meu corpo, e arranco sangue da pele. Na minha cabeça, ouço a voz rouca da minha avó: *Diablo, Diablo...*

A sensação aumenta, espalhando-se pela minha coluna, pelos meus braços e pernas. Desenrola-se dentro do meu peito, como um animal. E agora é quente, poderosa. Como o fogo. Brooklyn segura meu pulso. Olho para o rastro de sangue ao redor do meu braço e sinto algo novo. Fome.

— Você não vai me matar — digo. Não é uma pergunta. Eu já sei a resposta.

— Não seja ridícula, Sofia — diz Brooklyn, retirando a mão. Seus olhos emitem um brilho vermelho, como se possuíssem uma luz interior. — Não matamos nossos semelhantes.

AGRADECIMENTOS

Antes de mais nada, gostaria de agradecer a uma das pessoas de que mais gosto nesse mundo, Rebecca Marsh, por ter maravilhosos amigos editores que não parecem achar ruim quando você os encurrala numa festa de aniversário e passa a noite inteira dizendo o quanto você adoraria trabalhar com eles. E, claro: gostaria de reservar um agradecimento ainda maior para Emilia Rhodes, que não usou isso contra mim e pareceu acreditar que eu estava qualificada para escrever uma história de terror só por ter passado 45 minutos declarando o quanto sou fã de *Buffy, a caça-vampiros*. A todos vocês, aspirantes a escritores que estão lendo este texto agora: absolutamente não recomendo essa abordagem.

Eu não poderia ter escrito este livro sem a ajuda de várias centenas de pessoas, mais notavelmente Josh Bank, Sara Shandler e Katie Schwartz da Alloy, pelo superapoio durante todo o processo, e também a Ben Shrank e Caroline Donofrio da Razorbill pelas observações editoriais fantásticas (e também pelos biscoitos. Tenho a impressão de que foram muitos).

Felicia Frazier e o restante da equipe de vendas, marketing e publicidade da Razorbill também me deram um apoio inimaginável. Depois de quase cinco anos trabalhando na área de marketing de livros infantis, sei quantas pessoas são necessárias para fazer de um livro um livro. Obrigada a todos vocês por me ajudarem a fazer o meu!

Também devo agradecer a minha mãe, que não viu o menor problema em me deixar assistir aos filmes de Stephen King e ler livros de terror quando eu ainda era bem pequena. Obrigada também a todos os meus amigos e familiares fantásticos por me deixarem reclamar quando as coisas ficavam difíceis e por me darem apoio quando eu me deprimia. É sério; conheço as melhores pessoas do mundo.

E, finalmente, devo agradecer a meu marido, Ronald, por ler todas as versões, apesar de odiar histórias de terror. Prepare-se, querido: o próximo será mais aterrorizante ainda.

Impressão e Acabamento:
LIS GRÁFICA E EDITORA LTDA.